王鼎鈞

作品系列

碎琉璃

Simplified Chinese Copyright © 2013 by SDX Joint Publishing Co.Ltd.
All Rights Reserved.
本作品中文简体版权由生活・读书・新知三联书店所有。
未经许可,不得翻印。

图书在版编目(CIP)数据

碎琉璃/王鼎钧著. —北京:
生活・读书・新知三联书店,2013.6(2025.1 重印)
(王鼎钧作品系列)
ISBN 978 – 7 – 108 – 04286 – 6

Ⅰ.①碎… Ⅱ.①王… Ⅲ.①散文集 – 中国 – 当代 Ⅳ.①I267

中国版本图书馆 CIP 数据核字(2012)第 242610 号

责任编辑	饶淑荣 舒 炜
装帧设计	张 红 朱丽娜
责任印制	董 欢
出版发行	生活・讀書・新知三联书店
	北京市东城区美术馆东街 22 号
邮 编	100010
图 字	01-2013-2412
经 销	新华书店
印 刷	北京隆昌伟业印刷有限公司
版 次	2013 年 6 月北京第 1 版
	2025 年 1 月北京第 6 次印刷
开 本	787 毫米 × 1092 毫米 1/32 印张 9
印 数	31,000– 36,000 册
定 价	39.00 元

碎琉璃

一个生命的横切面

百万灵魂的取样

献给　先母在天之灵

以及同样具有爱心的人

目 录

当时，我是这样想的——代序 （王鼎钧） 1

九歌版原序 （蔡文甫） 7

楔子：所谓我 1

瞳孔里的古城 7

迷眼流金 21

一方阳光 33

那些雀鸟 47

红头绳儿 55

失楼台 69

看兵 79

青纱帐　99

敌人的朋友　121

天才新闻　141

带走盈耳的耳语　171

哭屋　195

拾字　215

神仆　231

在离愁之前　253

新版《碎琉璃》后记　265

当时，我是这样想的
——代　序

王鼎钧

琉璃是佛教神话里的一种宝石，它当然是不碎的。

人不可能拥有真正的琉璃，于是设法用矿石烧制，于是有晶莹辉煌的琉璃瓦。

琉璃瓦离"琉璃"很远，"琉璃灯"离琉璃更远，装在琉璃灯上的罩子原是几片有色玻璃。

至于"琉璃河"，日夜流去的都是寻常淡水，那就离"琉璃"更远了。

生活，我本来以为是琉璃，其实是琉璃瓦。

生活，我本来以为是琉璃瓦，其实是玻璃。

生活，我本来以为是玻璃，其实是一河闪烁的波光。

生活，我终于发觉它是琉璃，是碎了的琉璃。

* * *

"一切作品都是作家的自传"？

是的，如果把"自传"一词的意义向远处引申。

我那位长于创作童话故事的朋友说，他正在描述他家的一只鸡怎样变成一位天使。为什么要写这样一个故事？他说，他年少时曾经亲手杀死一只鸡，深深感到死的恐怖和杀生的残忍。这种感觉一直压迫他。他需要来一次"超渡"。

作品的题材来自作者的生活经验，作品的主旨来自作者的思想观念，作品的风格来自作者的气质修养。所谓"一切作品都是作家的自传"，大致如此。

在福尔摩斯眼中，一个人的烟斗呢帽都是他的传记。

在相士眼中，一个人的皱纹可以是那个人的传记。

* * *

当我以写作为赡家的手艺时，我相信形式可以决定内容，也就是说，为了写一出戏，必须使内容恰好填满戏剧结构。

当我为自己而写作时，我相信"内容决定形式"。生活，有时候恰是小说，我就写成一篇小说，如果存心写成散文，就得从其中抽掉一些。生活，有时候恰是散文，我就写成一篇散文，如果存心写成小说，就得另外增添一些。

生活，尤其是现代生活，必须依循种种程式、框架、条款、步骤，绝不能违抗，甚至不能迟疑。例如开车，好像是自己当家作主，其实在左转弯的时候你的方向盘必须往左打，必须照规定换挡减速变换灯光，否则，当心！

我们在整天、整周、整月做"现代社会"这个大机器的一部分之后，何必再做戏剧结构的一部分呢，何必再做小说形式的一部分呢。

在写《碎琉璃》的时候我是这么想的。

* * *

生活是饮酒，创作是艺术的微醒。

阅读是饮酒。当读者醉时，创作者已经醒了。

当读者醒时，作品就死了。

＊＊＊

据说，如果人造速度能超过光速，人可以追上历史。

如果我们坐在超光速的太空船里，我们可以看见卢沟桥的硝烟，甲午之战的沉船，看见冯子才在谅山一马当先。

在超光速的旅程中将设有若干观察站，让我们停下来看赤壁之战，看明皇夜宴，看宋祖寝宫的斧声烛影。

历历呈现，滔滔流逝，无沾无碍，似悲似喜。啊，但愿我能写出这样的作品来！当我写《碎琉璃》时，我是这样想的。

＊＊＊

那年，海边看山。海可以很大，很大，大到"乾坤日夜浮"，也可以很小，小到只是一座山的浴盆。

早晨，那山出浴，带着淋漓的热气，坐在浴盆旁小憩，仿佛小坐片刻之后要起身披衣他去。

我看见它深呼吸。我想它心里有许多秘密，可惜不能剖开。即使剖开也无用，真正的秘密不是把肉身斩成八块能找出来的。

我寻找它的额。不知它在想什么。谁能发明一种仪器,把一种能投射过去,把一种波折射回来,变成点线符号,谁能解读这符号,医治人的庸俗。

那时候,我是这样想的。

✳ ✳ ✳

《碎琉璃》出版后,读友陈启新先生写了如下几句话给我:

> 琉璃泪
> 吴刚枉伐月中桂
> 琉璃坠
> 一天彗星陈抟睡
> 琉璃碎
> 伤心只是琉璃脆

看来他仔细读过我的这本小书,我的含意他似乎懂、似乎没懂。

我仔细读他寄来的诗句,他的意思我似乎不懂、又似乎懂得。

读者和作者的最佳关系,也许就在这似懂非懂之际、别有会心之时。

一九八九年三月补记

九歌版原序

蔡文甫

从 1975 年到 1977 年，鼎钧兄"每年一书"，陆续完成"人生三书"，得到广大读者的敬爱。三年来，颇有人劝他"打铁趁热"，整理家中存稿多出几本集子，他不肯；他以更谨严更勤奋的态度创作更好的作品。他费了十五个月的时间写他一系列自传式的散文，在"九歌"的催促下出版了这本《碎琉璃》。

"碎琉璃"书名的涵义，作者在本书第四篇"一方阳光"里有间接的解说，它代表一个美丽的业已破碎了的世界。作者从那个世界脱出，失去一切，无可追寻，而今那一切成为一个文学家创作的泉源。他用"瞳孔里的古城"一篇表现故乡，"一方阳光"表现他的家庭，"迷眼流金"表现他少年时期的心态，"红头绳儿"表现初恋，

"看兵"、"青纱帐"、"敌人的朋友"、"带走盈耳的耳语"一连四篇表现他在抗战敌后参加游击队的见闻,"哭屋"描述他在私塾里读书的感受。以下还有多篇短构,表现他在爱情(也许不只是爱情)方面的挫折与执著。在这本书里面,他抒情叙事诉诸感性,飘渺如云,香洌如酒,与"人生三书"之理性明晰迥然不同。"人生三书"出齐后,他声言不再以同样的手法、同样的内容写作,显然不甘以三书自限,决心继续突破跃升。在《碎琉璃》里面,他办到了!

《碎琉璃》最大的特点是以怀旧的口吻,敲时代的钟鼓,每篇文章具有双重的甚至多重的效果。他把"个人"放在"时代"观点下使其小中见大,更把"往日"投入现代感中浸润,使其"旧命维新"。这些散文既然脱出了身边琐事的窠臼,遂显得风神出类,涵盖范围和共鸣基础也随之扩大,不仅是一人一家的得失,更关乎一路一代的悲欢。我相信在鼎钧兄已有的创作里面,《碎琉璃》是真正的文学作品;他如果有志于名山事业,《碎琉璃》是能够传下去的一本。对于可敬可爱的读者来说,这本书需要用文学的心灵来接受、来品鉴。世事沧桑,文心千古,琉璃易碎，艺事不朽，敢以此旨遍告知音，敢以此志与鼎钧兄共勉。

楔子：所谓我

我喜欢听别人讲述我童年时期的故事,犹如喜欢有人替我照相。

我要找寻我自己。

这天,我遇见一个人,他对我从前怎样用自己的小便和泥捏制大公鸡一类的事非常熟悉,所以,他一开口,我就全神贯注。他说——

我小时候喜欢种花,只喜欢一种特别娇艳的玫瑰,花瓣大得像巴掌,在微风里张张合合比旁边的蝴蝶还诱人。这种花极难侍候,她含苞的那几天,如果暴雨倾在她头上,她决不开花;如果狂风粗暴的摇撼她,她决不开花;如果蜜蜂太多,她决不开花;如果一只蜜蜂没有,她也不开花。还有，你不能让虫子咬她，只要一片花瓣上出现破洞，所有的花瓣都放弃成长。这种花教人好不操心，人人都说宁愿多养一个孩子，也不种这样的玫瑰。可是我喜欢种，我为她忧晴忧雨，搬一张凳子整夜坐在她旁边驱虫，哭着要爸爸为她造一间玻璃棚，晴天把棚顶揭开，阴天盖好。

有一天，空袭警报响起来了，那是卢沟桥事变发生后第二百零一天，家乡人一面渲染远方城镇被炸的灾情，一面天天计算敌人的飞机什么时候来，算到这一天，果然来了。全城的人疯狂的往野外逃，只有我，坐在小凳上，忧愁的望着那玫瑰。一架双翼的侦察机在头顶上盘旋，螺旋桨转动的声音粗厉的咒诅这个小城，整个小城暂时死去，可是那玫瑰活着，在那慑人心魂的噪音刺激之下，它的花蕾迅速膨胀了一倍。飞机转一个弯，突然降低，地面上卷起一阵风，一时间天昏地动，好像世界末日已至，可是那花，却在侦察机巨大的阴影掠过时一口气怒放盛开。这一切，我看得清清楚楚。

我当时十分惊慌，连空袭的恐怖也忘记了。不过，这并非完全由于惊慌，我同时感到兴奋欣喜。我本来就喜欢这花，现在花瓣像海浪一样涌起，的确是人间难得的奇景。我呆呆的坐在那里，竟不知警报解除，也没看见由野外归来的家人。母亲见我失魂落魄的样子，断定我受了过度的惊吓，请牧师来为我祈祷。我向牧师絮絮陈述那花怎样在半分钟间做完了两星期要做的事，声音兴奋得发抖。牧师注视我的眼睛，低沉而缓慢的说："信主的人不说谎，说谎的人是魔鬼的朋友。"

我这个小小的花坛本来在地方上有点虚名，现在，我成了新闻人物，亲戚和邻居都来看我的花，议论我的话是否可信。每一个人都说："那是不可能的，这孩子说谎。"

这人以非常权威的口吻叙述着，然后，好奇心像脱网的鱼冲出来："告诉我，你到底有没有说谎？你真的看见那花在几秒钟内全开？"

我非常失望，怏怏的说：

"你说的这件事，跟我毫无关系。你根本不知道我是谁。你在说另外一个人。"

瞳孔里的古城

我并没有失去我的故乡。当年离家时,我把那块根生土长的地方藏在瞳孔里,走到天涯,带到天涯。只要一寸土,只要找到一寸干净土,我就可以把故乡摆在上面,仔细看,看每一道折皱,每一个孔窍,看上面的锈痕和光泽。

故乡是一座小城,建筑在一片平原沃野间隆起的高地上。我看见水面露出的龟背,会想起它;我看见博物馆里陈列在天鹅绒上的皇冠,会想起它,想起那样宽厚、那样方整的城墙。祖先们从地上掘起黄土,用心堆砌,他们一定用了建筑河堤的方法。城墙比河堤更高,把八百户人家严密的裹藏在里面;从外面仰望,看不见一角楼垛,看不见一根树梢,只看见一个长方形的盒子,在阳光下金色灿烂。牛车用镶铁的轮子压出笔直的辙痕,由城门延伸,延伸到远方。后面的车辆从前面留下的辙痕上辗过,一辆又一辆，愈压愈重，辙痕愈明亮，经过千锤百炼，闪着钢铁般的冷光。雨后在水银灯下泛光的铁轨，常使我联想到那景象。

对这个矩形的图案，我是多么熟悉啊！春天，学校办理远足，从一片翻滚的麦浪上看它的南面，把它想像成一艘巨舰。夏天，从外婆家回来，绕过一座屏风似的小山看它的东面，它像一座世外桃源。秋天，我到西村去借书，穿过萧萧的桃林、柳林，回头看它，像读一首诗。冬天，雪满城头，城内各处炊烟袅袅，这古老的城镇，多么像一个在废墟中刚刚苏醒的灵魂。

这就是我的故乡。

故乡是一个人童年的摇篮，壮年的扑满，晚年的古玩。……

据说，我的祖先，从很远的地方迁移来此。

据说，祖先们本来住在低洼近水的地方，那很远的地方盛产又甜又大的桃子，种桃是每个家庭的副业。桃园在结成果实以前，满树满林都是美丽的花，而有桃林的地方总离不开绿波碧草。那是图画一般的世界。

那究竟是什么地方？谁也说不出来。传说总是像神龙怪兽，从云里雾里伸出头来，教人难以相信。但是，这是惟一的说法，你又不得不信。

据说，这个丰足安乐的家族，差一点儿全体灭顶。那时，他们家家正在桃林里摘桃子，人人仰脸向树，在明亮的天光下，温柔的春风里，人面和成熟的桃子一样红润。又是一季好收成，多少幸福多少梦。

不知怎么，他们的鞋子湿了。

不知怎么，有些人的脚踝浸在水里了。这些人停止了摘桃时常唱的民歌，登上树枝，研究从哪儿来的水。

来历不明的水，阴险的流着，一寸一寸侵占过来。树林里的人听见一片翅膀扑击的声音，一片带着惊恐的鸡声，知道家中也浸了水，想赶快回家看看。可是水的来势那么快，一只黄狗从村中窜出来，游入桃林，望着树上的主人狂吠。树上的人这才看见，水面上漂漂荡荡的，都是浮着的桃子。

这一场突如其来的灾变，弄得大家丧失了思考的能力。有一个人，大概是祖先里面最果敢的人物吧，他高喊一声"快逃命啊!"跳下树来,冲出桃林,向林外干燥的地方奔去。那只黄狗紧跟在他后面;到了林外,又窜到他的前面。

其他的人,不知道是从催眠中醒过来,还是本来清醒现在被催眠了,一齐奔出林外。那狗跑在前面,不时回过头来看他们,他们就紧紧跟着那狗。

这些人展开了一阵绝望的奔逃,那是他们自己难以想像、后世子孙也难以想像的飞奔,他们向前一步,水在后面跟上一步,水流缓缓上涨,像吐信的蛇舐他们的脚跟。天聋地哑,只有那只黄狗不时回头看他们,等待他们。

也不知逃了多久,黄狗停下来了,疲乏不堪的人们东倒西歪坐在地上,张着口喘气。可是他们"啊"了一声,又跳起来,他们回头看见自己经过的地方浊流滚滚,无涯无际,他们的桃子,他们的桌椅,他们的牛羊,他们的屋顶,不断从眼底流过去。有些人放声大哭。

可是人人感激那只黄狗,如果没有这只狗帮忙,他们慌不择路,多半要受桃林外复杂地形的困制,躲不过这场劫难。天不绝人,人也不要自绝。想到这里,人人又抖擞精神,把旧家园抛在脑后,迈开沉重的脚步,踢起一片黄尘。

从那时起，这个家族不杀狗，不吃狗肉，不铺狗皮。

在那座小城里面，靠近南墙的一隅，有我的第一母校，一所完全小学。校址本是一座大庙，由族人中的维新之士出面拆毁，改建教室。当我入学之初，庙宇还剩下一座大殿，殿里端坐着一尊戴纱帽穿素袍的偶像，满脸和善满足的表情。那时候，倘若学生犯了过失，老师就命令犯过的人向神像行一鞠躬礼，以示"薄惩"。后来，这最后一座偶像也拆除了，……我还记得它被人们拉下宝座，倒在地上，它的纱帽破碎，胸膛裂开，但是脸上的表情依然很和善，很满足。……不久，大殿改为礼堂，纪念周和毕业典礼都在里面举行。

一年一度的毕业典礼是地方上的大事，老族长亲自来看新生的一代，银发飘摆，满座肃然。典礼完毕以后，有一个固定的节目是老族长带着毕业生由东走到西，由南走到北，在每个有故事的地方停下来，述说先人的嘉言懿行。"天降洪水"的传说，就是从他老人家那里听来的。

我小学毕业的那一年，老族长已经相当衰老，在左右有人搀扶之下，步履艰难。典礼进行中，他眯着昏暗的眼睛看我们，看得好仔细、好费力。典礼后，校长劝他回家休息，他坚持那一年一度的"毕业旅行"，他说，他要让这些即将长大成人并且可能离乡背井的孩子，对自己的"根"有清楚深刻的记忆。他一息尚存，必定亲临。他叮咛校长：即使他一病不起，这个节目仍然要由活着的人年年举行，不可简免。

校长只好派人去找一顶轿子。那时候，除了新娘以外，已经没有人坐轿子了，不过，坐过轿子的人还存有淘汰下来的旧轿。我记得，校长找到一顶灰色的轿子，由四个人抬着走，比新娘乘坐的花轿要小巧一些。我们跟在轿子后面出发，望着起伏跳动的轿顶蜿蜒而行。

坦白的说，我们那时都没有多少历史感，我们爱东张西望，爱交头接耳，爱拧别人的耳朵，爱走出队伍去无缘无故猛敲人家的大门。老族长的声音喑哑微弱，他的精神已经不能贯注我们全体，所以我们是散漫的，不经心的。老族长说些什么，我大半没有听，不过有一件事我永远不忘记，他带我们去看祖先挖成的第一口井。

好久好久以前，祖先们以劫后余身，漂流旷野，寻找一块合适的地方安身立命，也不知走了多少年、多少里，也不知流了多少汗、多少泪，终于来到这块高地。

族人里面一个心思细密的人说："这里地势高爽，永远不会闹水灾，我们就在这里安家吧！"

远看这个小小的丘陵，的确像是万年不坏的座基。登上丘陵四望，一片金色沃土，不啻天赐的粮仓。丘陵并不太高，而且顶端平坦，天造地设是个盖房子生儿养女的地方。大家都很满意。

"我们先挖一口井，看看能不能挖出水来，如果有水，那就是天意。"

破土之前，他们焚香叩拜，有一个简单的宗教仪式。破土之后，大家看着井口一寸一寸深下去，看着土从井里面一团一团提上来，渐渐的，提上来的土变了颜色，渐渐的，提上来的土有了水分。

开井的人全身湿淋淋的爬出井口，大叫："有水！水很甜！"

四周有几百人同时诵念：

阿弥陀佛！

井水上升，水中出现了一组又一组人影。从那时起，一代又一代的影子轮流倒映在井水里。但是，我们来时，井水已涸，只有井旁一棵老槐树依然枝叶繁茂，亭亭如盖。那天天气炎热，我们都往树荫里挤，都站在井旁，看清楚了荒草间有一个黑黝黝的破洞。

我也看清楚老族长一脸的虔诚。古井虽涸，祖宗英灵不昧，当初憔悴褴褛的先人如今已繁衍成衣冠楚楚的大族，荒凉的土丘经营成坚固安全的城堡。站在宽可驰马的城墙上内望，望不尽鳞次栉比的瓦脊椽檐，望不尽结满知了麻雀的槐柳，数不清那袅袅炊烟和傲然的贞节牌坊。那飘着国旗、飘着歌声的地方，是我们的学校，年年有人在这儿长大，年年有人从这儿跟着族长绕行全镇，认识自己的历史，走在街心，吸两旁门窗散发出来的气味。

烤红薯的香味；

腌肉的香味；

酱菜的香味；

陈年老酒的香味。

倘若轮盘就此停住，我们赢定了。可是轮盘要命的转着，转出一个久久不雨的夏季来。这时，我在故乡三千里外，道路多垒，亲朋无字，旱灾的消息是得自零碎模糊的传闻。我听说整个夏季，故乡的天气异常晴朗，晴朗得可以敲出声音来。我听说池塘干涸了，青蛙跳出来，成群成堆死在街上，整条街都是它们尸体的臭味。我听说老鼠走出洞外找水，宁愿被人打死。我听见了许多可怕的事情。

我听说所有的井都干了，家家到西郊的小河里挑水。在这要命的时刻，土匪蜂拥而至，他们一直觊觎这个易守难攻的城镇，现在有了一试的机会。他们围城，切断水源，逼得族人皮肤红肿裂开，逼得族人不洗脸不洗澡不举重不疾走小心避免出汗，逼得男人贮存小便，逼得母亲无法用奶水制止婴儿啼哭，却去吮吸婴儿脸上的眼泪。逼得族人疯狂的挖井，挖出来的只是飞尘。逼得族人杀牛杀羊喝它们的血。当初祖先们惊魂甫定，满脑子都是水灾的恐怖，没料到后世子孙受这般无情的煎熬。每夜每夜，土匪环城堆积木柴，升起熊熊之火，几十堆野火整夜不熄，像一道一道催命的令牌压迫守城的人，比无情更无情。

他们自分必死。半数战死半数渴死。他们并未期望奇迹。他们中间有一个人,经过祖先留下的那口废井旁边,又看见那棵槐树。古槐已经枯死,那时,城墙里面所有的树都成枯枝。这人大概是族人中间视力最好的一个,他看出老槐似乎又带几分绿意。他用指甲去挖树干,挖掉表皮,里面滑溜溜,黏答答,藏着生命的讯息。怎么?老槐树又活了?怎么可能?他在井旁沉思。骄阳之下,汗出如浆,也忘了擦拭。他想出一个道理来。他大叫一声,飞驰而去,完全不顾他要损失多少水分。

他也必定是口才最好的一个人吧?可惜我不知道他的名字,他说服了那些奄奄一息的壮男来淘这口涸井。他相信井下有水。大家忍死工作,恨恨的说,倘若徒劳无功,他们要杀死提议淘井的人。那提议淘井的人镇静的坚定的等待结果。他大概最镇静最有自信心。

这口古井是一个奇迹,它果然冒出水来。复活的泉,大自然的秘密精力,救活了老槐树,救活全城全族。忽然看见水,人们多么迷惑,多么疯狂,多么满足!妇女们把水桶装满,手浸在里面,脸浸在里面,把婴儿浸在里面,先是嘻嘻的笑,后来呜呜的哭。

据说，守城的人提了几桶清水从城上倒下去，土匪就退了。城里有足够的子弹，足够的射手和粮食，现在又有了足够的水，土匪还有什么指望？我想，这次大旱，一定给故乡留下许多烙痕，等着我去凭吊、抚摩。可是我不能，我在三千里外，只能捕捉一些道路传闻。

故乡，对于我，又进入传说的时代!

迷眼流金

我家住在古城的西隅。出门西行，走完半条街，越过一片菜圃，就是古城的西墙。这可能是先人的一大错误，就我而论，根本不该住在城西。

你不知道傍晚在城头散步有多么愉快。站在城墙上和缩在灰沉沉的四合房里完全是两个世界、两种经验。天高地阔，风暖衣轻，放眼看麦浪摇荡，长长的地平上桃柳密如米点，是故乡一大胜景。倘若天气好，西天出现了落日晚霞，非等到那鲜丽的天幕褪尽颜色，你不忍离开。你会把那一片缤纷一片迷茫带进梦里，再细细玩索一次。

唉，你不知道，一旦登城西望，你会看见何等辽阔何等遥远的田野。你会有置身大海孤舟中的哀愁。你需要一点兴奋或一点麻醉，落日彩霞就是免费的醇酒和合法的迷幻药。晚年的太阳达到它最圆熟的境界，给满天满地你我满身披上神奇。它轻轻躺在宽大平坦的眠床上，微微颤动。如果眠床再铺一层厚厚的云絮，它就在云里絮里化成琥珀色的流汁，不肯定型，不肯凝固，安然隐没。一天结束了，而结束如此之美，死亡如此之美，毁灭如此之美，美得你想死，想毁灭。那时，我从暮霭中走下城墙，觉得自己俨然死过一次。

从前，我们远祖居住在另一个遥远的地方，那里以产桃闻名。为了表示追念，族人特地在古城西郊种植一片桃林。西郊有一条小河，桃林在河岸两旁展开，远远望去，好像贴在天幕上的一条花边。每年春到，我在单调沉闷的四合房里捉到迷路的蝴蝶，就知道桃花开了。

千百棵桃树同时开花是绝对无法隐藏的事情！人站在城墙上，正好眺望一片红云。盛开的桃花受到夕阳返照，十里外看得见通天红气。世界是如此诡异、虚幻，令人心神恍惚，意志涣散。难怪到了花季，做父母的宣布桃林是孩子们的禁地，千叮万嘱，不许入林玩耍。谁要是反抗家长的告诫，擅自走进这个变色变形的世界，十个少女有九个回家发烧，十个少男有八个迷路。迷了路的孩子坐在河边痛哭，等父亲来救，他的父亲带着猎狗，敲着铜锣,入林叫喊寻找,叫声锣声震得花瓣纷纷下坠。

我开始接触新的文学作品,从小说和新诗里面去找苦闷啊、彷徨啊、绝望啊,苍白得厉害。这些作品使我回味在落日残照里尝到的毁灭之美。使我通体酥软,不能直立,数着自己滴血的声音读秒。残照回光强化了这些作品的效果,使我渴望那些作品所描写的乃是我的生活。我还没有恋爱,先已觉得失恋。还没有经商,先已想像破产。还没有病,先已自以为沉疴难起。幸福似乎是庸俗的,受苦才有诗意和哲理。活着是卑微的,一旦死亡,就会使许多人震惊、流泪,举出美德来做榜样表率,或者夸张死者未来的成就,痛惜天忌英才。

我是沉溺在细腻的流沙里,无以自拔了。我实在受不了夕阳下桃林的诱惑,尤其是红花掩映下的那一条河。城墙外缘是大约二十度的斜坡,生满坚硬的细草,可以当作天然的滑梯。我四顾无人,悄悄滑下去,沿着田间阡陌走。 这是我最大的秘密,不能让任何人看见。夕阳的光线从桃林顶上平射过来,刺得我眼花缭乱。忐忑的心更乱,硬着头皮一溜烟钻进桃林,钻进一条红通通热烘烘的甬道。四顾果然无人,可是总疑心有什么人躲在桃树后面偷看。啊,那条河!我永远不会忘记那条河,水波微动,静寂无声,花在水里,霞在水里,分不出哪是花、哪是水、哪是霞。红得像火,浓得像酒,软得像蜜。一跃而入是何等舒适,何等刺激!肉身在火里溶解,灵魂向霞处飞升,大地干干净净。

我想死。
我真的想死。

死了,我就是河的神,花的精魂,霞的主人。我就通体透明,仰卧在河床上的锦缎里,浮在这一片销骨的氤氲中,消失,消失,永远消失,无影无踪,不留一片渣滓。水里铺着一层霞,霞里铺着一层花,霞和花的岩浆涂在水的背面,水就像镜子一样,清晰的映出我的面容。我对自己的影子说,你要扑下去,扑下去,扑进温柔而有弹性的流体,永远休眠。

想着想着,心神几乎粉碎,突然,水中的影像之旁,浮出一张严厉而凶恶的脸,瞪着充血的圆眼,来责备我的荒谬。我大吃一惊,跌坐河边,平息剧烈的心跳。本能的回头一看,一头牛站在旁边。原来是一头牛,水中倒映着牛脸。河水的颜色那样浓烈,扭曲了牛的形象。我是惊恐的,它也是。它恳切的望着我,有期待,有依恋。可是我总觉得它的表情里有许多责难,使我摸着胸口,望河,望一条血河。

记得有一次,我端着半盆清水,承受一滴一滴的鼻血,血珠儿在水中像伞张开,像一朵一朵桃花,像一片一片晚霞。终于,满盆水都浑然一色。盆里的水愈红,母亲的脸色愈苍白。母亲发现一切止血的办法全然无效,忍不住放声大哭,我听见母亲的哭声,心头一懔,鼻孔滴血竟停止了。可是母亲的哭声并不停止。俯身向河,满河是血,是我流出来的鼻血,旁边有母亲的哭声,哭我生命的萎谢,她的泪是另一种血。可惜啊,血变成污水。母亲啊母亲,你为什么那样苍白,难道失血的是你。不错,是她,我的血管通她的血管,我的皮肤有了伤口,她的鲜血先我而涔涔,除非她的血干涸,不许轮到我。母亲啊母亲,你用流血保护我,我必须止血保护你。

我轻轻的抚摩那牛,牛也轻轻抖动肌肉迎接我的手掌。晚霞余烬将尽,桃林里泛起一层灰白,牛的面容随着变了,恢复本来的善良温顺。

它非常安静的望着前方。

我骑上牛背,缓缓出林。

抗战发生了,一个黑脸汉子从战地逃出来,做我们的国文教师。他的声音宏亮坚定,平素却沉默寡言。有一天,他问:

"听说你会做诗?"

我说,是的。

"把你的作品,写一首来看看。"

我说,好的。

我呈上一首:

——青青小草随坡低,

　点点春云与树齐,

　独立山头思妙理,

溜圆红日滚天西。——

　他看了，沉吟了一下，对我说：

　"诗里面有衰败的意味，不好。应该改掉几个字，写成另外一个样子。"说着，他提笔就改：

　　——青青小草随坡生，
　　　点点春云与树平，
　　　独立山头思妙理，
　　　溜圆红日起天东。

　在他来说，改动了几个字，用新生的兴旺气象抹去了衰败，大功告成。可是，在我来说，纸上的旭辉依然是我心中的残霞，因为我住在城西，不在城东。我看见的是夕阳黄昏，不是云霞海曙。有些东西已深入我的骨髓肌理，使我的人格起了变化。字面上的涂涂改改无济于事。唉，这是我住在城西酿成的苦酒。

苦酒换一个名称还是苦酒。

我发现我的国文老师也是个喜欢苦酒的人,他也常常到西面的城头散步。他从城南绕到城西,不辞遥远,必定是爱上晚霞,晚霞在他眼里冒着火星。他一步一步很沉重,肩膀左右倾斜才提得起脚步来。走着走着,好像为抵抗空气凝结而挣扎。

终于,他用歌声冲破沉默:

> 流浪到何年何月,逃亡到何处何方,
> 我们无处流浪,也无处逃亡!……

我跟着他一起唱:

> 那里有我们的家乡,
> 那里有我们的爹娘,……

唱着唱着,他哭了,掏出手帕来,唱一句,擦一下。我也哭了,没有掏手帕,我的眼泪太少,舍不得擦掉。哭泣好美好美,流亡好美好美。我恨不得是他,恨不得把他的泪放在我的眶里,替他流亡……

那年代,我们喜欢唱歌,也有许多歌可唱。音乐老师、国文老师、数学老师都把自己喜欢的歌教给我们,那流亡者,那阔肩厚背的黑脸汉子,唱起歌来全校各教室都听得见。他率领我们浩浩荡荡到四乡去宣传抗日,挺胸昂首,引吭高声,感动得我们这些小孩都觉得自己很伟大。

——我们从敌人屠刀下冲出,

　　痛尝够亡国的迫害耻辱,

　　遍身被同胞热血染红,

　　满怀牺牲决心,和最大的愤怒。

唱到押韵的地方,歌声带几分哽咽。但是接着又激昂起来:

——我们带着救亡的火种,

　　走遍祖国广大的城乡山林,

　　冒着急雨寒雪霜冰,

　　不怕暗夜风沙泥泞。

唱着唱着,他的眼睛向远方看,愈看愈远,越过房屋,越过城墙,越过地平,向风沙泥泞的广大山林看去,一脸的认真和坚忍,好像他已置身其间奋勇向前。啊,那是多丰富的经验!多壮烈的滋味!唱着唱着,我也在那滋味里醉了。

教完这首歌以后,国文老师就不见了。他没有跟我们说要到什么地方去,但是,我认为我知道。当天边晚霞消失,我仿佛看见天外有一个人背着行囊,挺着胸膛,在大风大雨中奋斗,在流血流汗中成长。那人是他,那人也是我。我再也不珍惜家庭的温暖,乡情的醇美,甚至也不珍惜国家的保护。失去这些比拥有这些更能增加生命的意义。让我也流亡吧,我也受迫害吧。我又想死了,我想在攀登悬崖峭壁时失足失踪,让同伴向山谷中丢几块石头,象征性的做我的坟墓。让浩浩天风卷走他们的泪水,落在另一座山的野花上,凝成露珠。

我恐怕是有些失常了。都是夕阳惹的祸。我想,如果我家住在城东……

一方阳光

四合房是一种封闭式的建筑,四面房屋围成天井,房屋的门窗都朝着天井。从外面看,这样的家宅是关防严密的碉堡,厚墙高檐密不通风,挡住了寒冷和偷盗,不过,住在里面的人也因此牺牲了新鲜空气和充足的阳光。

我是在"碉堡"里出生的。依照当时的风气,那座碉堡用青砖砌成,黑瓦盖顶,灰色方砖铺地,墙壁、窗棂、桌椅、门板、花瓶、书本,没有一点儿鲜艳的颜色。即使天气晴朗,室内的角落里也黯淡阴沉,带着严肃,以致自古以来不断有人相信祖先的灵魂住在那一角阴影里。婴儿大都在靠近阴影的地方呱呱坠地,进一步证明了婴儿跟他的祖先确有密切难分的关系。

室外,天井,确乎是一口"井"。夏夜纳凉,躺在天井里看天，四面高耸的屋脊围着一方星空，正是"坐井"的滋味。冬天，院子里总有一半积雪迟迟难以融化，总有一排屋檐挂着冰柱，总要动用人工把檐溜敲断，把残雪运走。而院子里总有地方结了冰，害得爱玩好动的孩子们四脚朝天。

北面的一栋房屋，是四合房的主房。主房的门窗朝着南方，有机会承受比较多的阳光。中午的阳光越过南房，倾泻下来泼在主房的墙上。开在这面墙上的窗子，早用一层棉纸、一层九九消寒图糊得严丝合缝，阳光只能从房门伸进来，照门框的形状，在方砖上画出一片长方形。这是一片光明温暖的租界，是每一个家庭的胜地。

现在，将来，我永远能够清清楚楚看见，那一方阳光铺在我家门口，像一块发亮的地毯。然后，我看见一只用麦秆编成、四周裹着棉布的坐墩，摆在阳光里。然后，一双谨慎而矜持的小脚，走进阳光，停在墩旁，脚边同时出现了她的针线筐。一只生着褐色虎纹的狸猫，咪呜一声，跳上她的膝盖，然后，一个男孩蹲在膝前，用心翻弄针线筐里面的东西，玩弄古铜顶针和粉红色的剪纸。那就是我，和我的母亲。

如果当年有人问母亲：你最喜欢什么？她的答复八成是喜欢冬季晴天这门内一方阳光。她坐在里面做针线，由她的猫和她的儿子陪着。我清楚记得一股暖流缓缓充进我的棉衣，棉絮膨胀起来，轻软无比。我清楚记得毛孔张开，承受热絮的轻烫，无须再为了抵抗寒冷而收缩戒备，一切烦恼似乎一扫而空。血液把这种快乐传遍内脏，最后在脸颊上留下心满意足的红润。我还能清清楚楚听见那只猫的鼾声，它躺在母亲怀里，或者伏在我的脚面上，虔诚的念诵由西天带来的神秘经文。

在那一方阳光里，我的工作是持一本三国演义，或精忠说岳，念给母亲听。如果我念了别字，她会纠正，如果出现生字，——母亲说，一个生字是一只拦路虎，她会停下针线，帮我把老虎打死。渐渐地，我发现，母亲的兴趣并不在乎重温那些早已熟知的故事情节，而是使我多陪伴她。每逢故事告一段落，我替母亲把绣线穿进若有若无的针孔，让她的眼睛休息一下。有时候，大概是暖流作怪，母亲嚷着"我的头皮好痒！"我就攀着她的肩膀，向她的发根里找虱子，找白头发。

我在晒太阳晒得最舒服的时候,醺然如醉,岳飞大破牛头山在我喉咙里打转儿,发不出声音来。猫恰恰相反,它愈舒服,愈呼噜得厉害。有一次,母亲停下针线,看她膝上的猫,膝下的我。

"你听,猫在说什么?"
"猫没有说话,它在打鼾。"
"不,它是在说话。这里面有一个故事,一个很久很久以前的故事……"

母亲说,在远古时代,宇宙洪荒,人跟野兽争地。人类联合起来把老虎逼上山,把乌鸦逼上树,只是对满地横行的老鼠束手无策。老鼠住在你的家里,住在你的卧室里,在你最隐密最安全的地方出入无碍,肆意破坏。老鼠是那样机警、诡诈、敏捷、恶毒,人们用尽方法,居然不能安枕。

有一次,一个母亲轻轻的拍着她的孩子,等孩子睡熟了,关好房门,下厨做饭。她做好了饭,回到卧室,孩子在哪儿?床上有一群啾啾作声的老鼠,争着吮吸一具血肉斑烂的白骨。老鼠把她的孩子吃掉了。

——听到这里，我打了一个寒颤。

这个摧心裂肝的母亲向孙悟空哭诉。悟空说："我也制不了那些老鼠。"

但是，总该有一种力量可以消灭丑恶肮脏而又残忍的东西。天上地下，总该有个公理！

悟空想了一想，乘筋斗云进天宫，到玉皇大帝座前去找那一对御猫。猫问他从哪里来，他说，下界。猫问下界是什么样子，悟空说，下界热闹，好玩。天上的神仙哪个不想下凡？猫心动，担忧在下界迷路，不能再回天宫。悟空拍拍胸脯说："有我呢，我一定送你们回来。"

就这样，一个筋斗云，悟空把御猫带到地上。

御猫大发神威，杀死无数老鼠。从此所有的老鼠都躲进洞中苟延岁月。

可是，猫也从此失去天国。悟空把它们交给人类，自己远走高飞，再也不管它们。悟空知道，猫若离开下界，老鼠又要吃人，就硬着心肠，负义背信。从此，猫留在地上，成了人类最宠爱的家畜。可是，它们也藏着满怀的愁和怨，常常想念天宫，盼望悟空，反复不断的说：

许送，不送……许送，不送。……

"许送，不送。"就是猫们鼾声的内容。

原来人人宠爱的猫，心里也有委屈。原来安逸满足的鼾声里包含着失望的苍凉。如果母亲不告诉我这个故事，我永远想不到，也听不出来。

我以无限的爱心和歉意抱起那只狸猫，亲它。

它伸了一个懒腰，身躯拉得好长，好细，一环一环肋骨露出来，抵挡我的捉弄。冷不防，从我的臂弯里窜出去，远了。

母亲不以为然，她轻轻的纠正我："不好好的缠毛线，逗猫做什么？"

在我的记忆中，每到冬天，母亲总要抱怨她的脚痛。

她的脚是冻伤的。当年做媳妇的时候，住在阴暗的南房里，整年不见阳光。寒凛凛的水汽，从地下冒上来，从室外渗进室内，侵害她的脚，两只脚永远冰冷。

在严寒中冻坏了的肌肉，据说无药可医。年复一年，冬天的讯息乍到，她的脚面和脚跟立即有了反应，那里的肌肉变色、浮肿，失去弹性；用手指按一下，你会看见一个坑儿。看不见的，是隐隐刺骨的疼痛。

分了家，有自己的主房，情况改善了很多，可是年年脚痛依然，它已成为终身的痼疾。尽管在那一方阳光里，暖流洋溢，母亲仍然不时皱起眉头，咬一咬牙。

当刺绣刺破手指的时候，她有这样的表情。

母亲常常刺破手指。正在绣制的枕头上面，星星点点有些血痕。绣好了，第一件事是把这些多余的颜色洗掉。

据说，刺绣的时候心烦虑乱，容易把绣花针扎进指尖的软肉里。母亲的心常常很乱吗？

不刺绣的时候，母亲也会暗中咬牙，因为冻伤的地方会突然一阵刺骨难禁。

在那一方阳光里，母亲是侧坐的，她为了让一半阳光给我，才把自己的半个身子放在阴影里。

常常是，在门旁端坐的母亲，只有左足感到温暖舒适，相形之下，右足特别难过。这样，左足受到的伤害并没有复元，右足受到的摧残反而加重了。

母亲咬牙的时候，没有声音，只是身体轻轻震动一下。不论我在做什么,不论那猫睡得多甜,我们都能感觉出来。

这时,我和猫都仰起脸来看她,端详她平静的面容几条不平静的皱纹。

我忽然得到一个灵感:"妈,我把你的座位搬到另一边来好不好?换个方向,让右脚也多晒一点太阳。"

母亲摇摇头。

我站起来,推她的肩,妈低头含笑,一直说不要。猫受了惊,蹄缝间露出白色爪尖。

座位终于搬到对面去了,狸猫跳到院子里去,母亲连声唤它,它装作没有听见;我去捉它,连我自己也没有回到母亲身边。

以后,母亲一旦坐定,就再也不肯移动。很显然,她希望在那令人留恋的几尺干净土里,她的孩子,她的猫,都不要分离,任发酵的阳光,酿造浓厚的情感。她享受那情感,甚于需要阳光,即使是严冬难得的煦阳。

卢沟桥的炮声使我们眩晕了一阵子。这年冬天,大家心情兴奋,比往年好说好动,母亲的世界也测到一些震波。

母亲在那一方阳光里,说过许多梦、许多故事。

那年冬天,我们最后拥有那片阳光。

她讲了一个梦,对我而言,那是她最后的梦。

母亲说,她在梦中抱着我,站在一片昏天黑地里,不能行动,因为她的双足埋在几寸厚的碎琉璃碴儿里面,无法举步。四野空空旷旷,一望无边都是碎琉璃,好像一个琉璃做成的世界完全毁坏了,堆在那里,闪着磷一般的火焰。碎片最薄最锋利的地方有一层青光,纯钢打造的刀尖才有那种锋芒,对不设防的人,发生无情的威吓。而母亲是赤足的,几十把琉璃刀插在脚边。

我躺在母亲怀里,睡得很熟,完全不知道母亲的难题。母亲独立苍茫,汗流满面,觉得我的身体愈来愈重,不知道自己能支持多久。母亲想,万一她累昏了,孩子掉下去,怎么得了?想到这里,她又发觉我根本光着身体,没有穿一寸布。她的心立即先被琉璃碎片刺穿了。某种疼痛由小腿向上蔓延,直到两肩、两臂。她咬牙支撑,对上帝祷告。

就在完全绝望的时候，母亲身边突然出现一小块明亮干净的土地，像一方阳光这么大，平平坦坦，正好可以安置一个婴儿。谢天谢地，母亲用尽最后的力气，把我轻轻放下。我依然睡得很熟。谁知道我着地以后，地面忽然倾斜，我安身的地方是一个斜坡，像是又陡又长的滑梯，长得可怕，没有尽头。我快速的滑下去，比飞还快，转眼间变成一个小黑点。

在难以测度的危急中，母亲大叫。醒来之后，略觉安慰的倒不是我好好的睡在房子里，而是事后记起我在滑行中突然长大，还遥遥向她挥手。

母亲知道她的儿子绝不能和她永远一同围在一个小方框里，儿子是要长大的，长大了的儿子会失散无踪的。

时代像筛子，筛得每一个人流离失所，筛得少数人出类拔萃。

于是，她有了混和着骄傲的哀愁。

她放下针线，把我搂在怀里问：

"如果你长大了，如果你到很远的地方去，不能回家,你会不会想念我?"

当时,我惟一的远行经验是到外婆家。外婆家很好玩,每一次都在父母逼迫下勉强离开。我没有思念过母亲,不能回答这样的问题。同时,母亲梦中滑行的景象引人入胜,我立即想到滑冰,急于换一双鞋去找那个冰封了的池塘。

跃跃欲试的儿子,正设法挣脱伤感留恋的母亲。

母亲放开手凝视我:

> 只要你争气,成器,即使在外面忘了我,我也不怪你。

那些雀鸟

手里握一只麻雀或黄雀，是挺好玩的事情，你不能怪孩子们喜欢捉它。细嫩的绒毛，暖烘烘的腱肉，令你的掌心那样舒适。它的心脏鼓动得那样剧烈，脚爪颤动，将愉快的韵律传遍你的周身。它全身依附你，但是眼睛却张皇四顾，寻找出路。你只要一用力，就可以捏死它，可是，你若松开五指，（多么容易的事情！）你立即创造了一位活泼的天使。

捉雀鸟的方法有十七种，我哪一种也不会。别的孩子捉到雀儿拿给我看，如果我有钱，就向他们买；如果没有，他们就把雀儿捏死，用泥巴密封起来，烤熟了吃。如果我买到手，就轻轻的握着，享受操纵命运的乐趣。握鸟跟握住一块石头不同，你得用拇指和食指围住它的脖子，用小指从后面顶住它的大腿，中间三指贴紧它的肚子，这样,它就两脚悬空,两翅贴身,完全丧失了飞鸟的特性,任人摆弄。惟一不驯伏的是它的眼睛,总是侧头去望树枝,那神情令你觉得加倍有趣。

我很注意手里握着雀鸟的孩子。怎么,你捉到一只麻雀吗?你打算怎么办?烤熟了吃?麻雀有什么好吃,不如吃冰糖葫芦。我给你钱去买冰糖葫芦,你给我麻雀。我握住麻雀,暗想:把这样有趣的东西丢在火里烧焦,实在糟蹋。我带着它到郊外去,钻进林里,钻进一片花花的树叶、花花的阳光底下,一片哗哗的鸟声中,小麻雀伸长了脖子听,侧着头看,热血沸腾,使我的掌心出汗。我一扬手,像抛一块石头把它抛出去,这石头在空中变成纸鸢,飘起来,藏进花花的阳光、花花的树叶里。风来抚摩我张开的手掌,轻轻拭去掌心的汗珠,这只手好舒服!就像刚刚跟国王握过一样。

大概冰糖葫芦的滋味确实不错,我经常可以买到麻雀或黄雀。当然,有些孩子宁愿吃雀肉,到处拾柴生火,席地大餐。雀儿怎么这样愚蠢,前仆后继落到孩子们的网里?那些从我手中侥幸脱险的雀儿难道不把亲身经验告诉它的同类?在雀类的世界里,难道不互相传播警告?

孩子们烤雀肉的时候,活着的麻雀在旁边飞来飞去,难道看不见?

突然间,我兴起一阵雄心,想拯救这些可怜的小动物。我打破了那个最大的扑满。整个暑假,天天到野外去放雀。当然,这样效果还是有限(天下的儿童都正在抓天下的雀鸟),要紧的是唤起雀类世界的自救。一只麻雀黄雀什么雀由别人手里转来之后,绝处逢生之前,我剪掉它的一个脚趾,仅仅一剪。雀儿受到伤害,剧烈的抖动了一下,比起烧死,这点痛苦算不了什么。唯有经过痛苦,才会留下刻骨铭心的记忆。唯有经过痛苦,才会牢记教训,不犯以前的错误。带着痛苦飞去吧,在以后的日子里,要时时反省,为什么少掉一个脚趾。要告诉小雀儿怎样保全脚趾。让所有的雀类看到那只残缺的脚,让它们一传十,十传百,都知道有些地方不可去,有些东西不可靠近,有些食物不可吃。

这癖好花光了我所有的储蓄,甚至使我成为亲友眼中的笑柄。那年头,长辈们作兴赏一点零钱给小孩子花用,他们把铜元塞进我的口袋时常说:"拿去买麻雀。"我常常到打谷场上去看麻雀,特别注意它们的脚,雀儿成群结队，个个双脚完好，趾爪齐全，那些得到教训的雀儿，个个远走高飞，躲开凶残阴险的人类。我希望永远不再看见它们。一天，新雨初晴，积水旁边留下麻雀跳过去的一行脚印，水痕清晰，有一根断趾，我蹲下来看了许久，一直替那只鸟担心。

一年以后，城里来了一个走江湖的，用一只聪明的染黄了的麻雀替人抽签，生意很好。我跑去看，先看那鸟的脚爪，有一跟脚趾只剩下半截，站在滑溜溜的横杆上分外吃力。我本来有些生气，想骂它一顿，问它为什么上过一次当还没有学乖，辜负了我一片苦心。它侧着头望我，当初在树林里我展开手掌托住它，让它飞去，它似信似疑的迟疑了一下，回头望我，就是这种神情。我的心里突然感到一阵温暖，好像看见了久无音讯的老朋友，除了关切以外，还想在彼此之间留下一点什么，纪念这一次难得的重逢。

要想留一点日后的回忆，现在就抽一次签吧。这样最方便，也惟一可行。我摸出钱来交给它的主人，那江湖客吹一声口哨，黄麻雀侧着头再望我一眼，分明还认得我。一阵喜悦从我心底涌上来，它也知道遇见了老朋友,它不会忘记在患难中得救的经过。它在张望那一叠其薄如纸的竹片,想从其中选一张"上上大吉"出来,表示对我的感激。

黄雀是知道报恩的,衔一张竹片比衔一个玉环来要容易得多,是不是?江湖客又吹口哨了,在尖锐急促的哨声中,黄雀结束了犹疑,去啄那竹片,衔出一张来,交到主人手中。竹片上有四个字:"下下,不吉。"

我吃了一惊,不是为了卦象,是为了那鸟回报的方式。而那鸟,做完这件事以后,就飞上横架,再也不理我了。我觉得受到了侮辱,掉头走开,被那江湖客一把拉住。他说:"别走,钱退给你,谁抽到这支签,我退钱。"

那是为什么?江湖客说,全部的签都很吉利,只有这一支签例外。本来连一支也没有,但是警察局认为必须有吉有凶,否则就是诈欺。这支签完全是为了符合规定,在他的心目中是不算数的。我现在觉得非常愤怒了,单单选这一支坏签抽给我!我接过钱来,大步走。半途,一个孩子追上来问:"要买麻雀吗?"

红头绳儿

一切要从那口古钟说起。

钟是大庙的镇庙之宝,锈得黑里透红,缠着盘旋转折的纹路,经常发出苍然悠远的声音,穿过庙外的千株槐,拂着林外的万亩麦,薰陶赤足露背的农夫,劝他们成为香客。

钟声何时响,大殿神像的眼睛何时会亮起来,炯炯的射出去;钟声响到哪里,光就射到哪里,使鬼魅隐形,精灵遁走。半夜子时,和尚起来敲钟,保护原野间辛苦奔波的夜行人不受邪祟……

庙改成小学,神像都不见了,钟依然在,巍然如一尊神。钟声响,引来的不再是香客,是成群的孩子,大家围着钟,睁着发亮的眼睛,伸出一排小手,按在钟面的大明年号上,尝震颤的滋味。

手挨着手,人人快活得随着钟声飘起来,无论多少只小手压上去,钟声悠悠然,没有丝毫改变。

校工还在认真的撞钟,后面有人挤得我的手碰着她尖尖的手指,挤得我的脸碰着她扎的红头绳儿了。挤得我好窘好窘!好快乐好快乐!可是我们没谈过一句话。

钟声停止,我们这一群小精灵立刻分头跑散,越过广阔的操场,冲进教室。再迟一分,老师就要坐在教席上,记下迟到的名字。看谁跑得快!可是,我总是落在后面,看那两根小辫子,裹着红头绳儿,一面跑,一面晃荡。

……如果她跌倒,由我搀起来,有多好!

我们的家长从两百里外请来一位校长,校长来到古城的时候牵着一个手指尖尖、梳着双辫的女儿。校长是高大的、健壮的、声音宏亮的汉子,她是聪明的、伤感的、没有母亲的孩子。家长们对她好怜爱、好怜爱,大家请校长吃饭的时候,太太们把女孩拥入怀里,捏她,亲她,解开她的红头绳儿,问:"这是谁替你扎的?校长吗?"重新替她梳好辫子,又量她的身材,拿出料子来,问她哪一件好看。

在学校里,校长对学生很严厉,包括对自己的女儿。他要我们跑得快,站得稳,动作整齐画一。如果我们唱歌的声音不够雄壮,他走到我们面前来叱骂:"你们想做亡国奴吗?"对犯规的孩子,他动手打,挨了打也不准哭。可是,他绝对不禁止我们拿半截粉笔藏在口袋里,他知道,我们在放学回家的路上,喜欢找一块干净墙壁,用力写下"打倒日本帝国主义"。大军过境的日子,他不处罚迟到的学生,他知道我们喜欢看兵,大兵也喜欢摸着我们的头顶、想念自己的儿女,需要我们带着他们找邮局、寄家信。

> 你们这一代,要在战争中长大。你们要早一点学会吃苦,学会自立。挺起你们的胸膛来!有一天,你们离开家,离开父母,记住!无论走到哪里,都要挺胸抬头……

校长常常这么说。我不懂他在说什么。我怎么会离开父母?红头绳儿怎么会离开他?如果彼此分散了,谁替她梳辫子呢?

……

卢沟桥打起来了。那夜我睡得甜，起得晚，走在路上，听到朝会的钟声。这天，钟响得很急促，好像撞钟的人火气很大。到校后，才知道校长整夜守着收音机没合眼，他抄录广播新闻，亲自写好钢板，喊醒校工，轮流油印，两人都是满手油墨，一眶红丝。小城没有报纸，也只有学校里有一架收音机，国家发生了这么大的事情，不能让许多人蒙在鼓里。校长把高年级的学生分成十组，分十条路线出发，挨家散发油印的快报。快报上除了新闻，还有他写的一篇文章，标题是"拼到底，救中国！"我跟红头绳儿编在一个小组，沿街喊着"拼到底，救中国！"家家户户跑到街心抢快报。我们很兴奋，可是我们两人没有交谈过一句话。

送报回来，校长正在指挥工人在学校的围墙上拆三个出口，装上门，在门外的槐树林里挖防空坑。忙了几天，开始举行紧急警报的防空演习。警报器是疯狂的朝那口钟连敲不歇，每个人听了这异常的声音，都要疏散到墙外，跳进坑里。校长非常认真，提着藤鞭在树林里监视着，谁敢把脑袋伸出坑外，当心藤鞭的厉害。他一面打，一面骂："你找死！你找死！我偏不让你死！"骂一句，打一下，疼得你满身冒汗，哭不出来。

校长说得对，汗不会白流，贴着红膏药的飞机果然来了，他冲出办公室，亲自撞那口钟。我找到了一个坑，不顾一切跳下去，坐下喘气。钟还在急急的响，钟声和轰隆的螺旋桨声混杂在一起。我为校长担心，不住的祷念："校长，你快点跳进来吧！"这种坑是为两个人一同避难设计的，我望着余下的一半空间，听着头顶上同学们咚咚的脚步响，期待着。

有人从坑边跑过，踢落一片尘土，封住了我的眼睛。接着，扑通一声，那人跳进来。是校长吗？不是，这个人的身躯很小，而且带来一股雪花膏味儿。

"谁？"我闭着眼睛问。

"我。"声音细小，听得出是她，校长的女儿！

我的眼睛突然开了！而且从没有这样明亮。她在喘气，我也在喘气。我们的脸都红得厉害。我有许多话要告诉她，说不出来，想咽唾沫润润喉咙，口腔里榨不出一滴水。轰隆轰隆的螺旋桨声压在我俩的头顶上。

有话快一点说出来吧，也许一分钟后，我们都要死

了。……要是那样，说出来又有什么用呢？……

时间在昏热中过去。我没有死，也没有说什么。我拿定主意，非写一封信不可，决定当面交给她，不能让第三者看见。钟声悠悠，警报解除，她走了，我还在坑里打腹稿儿。

出了坑，才知道敌机刚才低飞扫射。奇怪，我没听见枪声，想一想，坑里飘进来那些槐叶，一定是枪弹打落的。第二天，校长和家长们整天开会，谣言传来，说敌机已经在空中照了相，选定了下次投弹的地方。前线的战讯也不好，敌人步步逼进，敏感的人开始准备逃难。

学校决定无限期停课，校长打算回家去抗战，当然带着女儿。这些可不是谣言。校长为人太好了，我有点舍不得他，当然更舍不得红头绳儿，怏怏朝学校走去。我已经写好了一封信，装在贴身的口袋里发烫。一路宣着誓，要在静悄无人的校院里把信当面交给她。……怎么，谁在敲钟，难道是警报吗？——不是，是上课钟。停课了怎么会再上课！大概有人在胡闹吧……我要看个究竟。

学校里并不冷清，一大群同学围着钟，轮流敲撞。钟架下面挖好了一个深穴，带几分阴森。原来这口钟就要埋在地下，等抗战胜利再出土。这也是校长的主意，他说，这么一大块金属落在敌人手里，必定变成子弹来残杀我们的同胞。这些同学，本来也是来看校长的，大家都有点舍不得他，尽管多数挨过他的藤鞭。现在大家舍不得这口钟，谁都想多听听它的声音，谁也都想亲手撞它几下。你看！红头绳儿也在坑边望钟发怔呢！

钟要消失，红头绳儿也要消失，一切美好的事物都要毁坏变形。钟不歇，人不散，只要他们多撞几下，我会多有几分钟时间。没有人注意我吧？似乎没有，大家只注意那口钟。悄悄向她身边挤去，挤两步，歇一会儿，摸一摸那封信，忍一忍心跳。等我挤到她身后站定，好像是翻山越岭奔波了很长的路。

取出信，捏在手里，紧张得发晕。

我差一点晕倒。

她也差一点晕倒。

那口大钟剧烈的摇摆了一下。我抬头看天。

"飞机！"

"空袭！"

在藤鞭下接受的严格训练看出功效，我们像野兔一样窜进槐林，隐没了。

坐在坑里，听远近炸弹爆裂，不知道自己家里怎样了。等大地和天空恢复了平静，还不敢爬出来，因为那时候的防空知识说，敌机很可能回头再轰炸一次。我们屏息静听。……

很久很久，槐林的一角传来女人的呼叫，那是一个母亲在喊自己的孩子，声嘶力竭。

接着，槐林的另一角，另一个母亲，一面喊，一面走进林中。

立刻，几十个母亲同时喊起来。空袭过去了，她们出来找自己的儿女，呼声是那样的迫切、慈爱，交织在偌大一片树林中，此起彼落。……

红头绳儿没有母亲……

我的那封信……我想起来了，当大地开始震撼的时候，我顺势塞进她的手中。

不会错吧？仔细想想，没有错。

我出了防空坑,特地再到钟架旁边看看,好确定刚才的想法。钟架炸坍了,工人正在埋钟。一个工人说,钟从架上脱落下来,恰好掉进坑里,省了他们很多力气。要不然,这么大的钟多少人抬得动!

站在一旁回忆刚才的情景,没有错,信在她的手里。回家的路上,我反复的想:好了,她能看到这封信,我就心满意足了。

大轰炸带来大逃亡,亲族、邻居,跟伤兵、难民混在一起,滚滚不息。我东张西望,不见红头绳儿的影子,只有校长远远站在半截断壁上,望着驳杂的人流发呆。一再朝他招手,他也没看见。

果然如校长所说,我们在战争中长大,学会了吃苦和自立。童年的梦碎了,碎片中还有红头绳儿的影子。

征途中,看见挂一条大辫子的姑娘,曾经想过:红头绳儿也该长得这么高了吧?

看见由傧相陪同、盛妆而出的新妇,也想过:红头绳儿嫁人了吧?

自己也曾经在陌生的异乡,摸着小学生的头顶,问长问短,一面暗想:"如果红头绳儿生了孩子……"

我也看见许多美丽的少女流离失所,人们逼迫她去做的事又是那样下贱……

直到有一天,我又跟校长见了面。尽管彼此的面貌变了,我还认识他,他也认得我。我问候他,问他的健康,问他的工作,问他抗战八年的经历。几次想问她的女儿,几次又吞回去,终于忍不住还是问了。

他很严肃的拿起一根烟来,点着,吸了几口,造成一阵沉默。

"你不知道?"他问我。

我慌了,预感到什么:"我不知道……我真的不知道。"

校长哀伤的说,在那次大轰炸之后,他的女儿失踪了。他找遍每一个防空坑,问遍每一个家庭。为了等候女儿的消息,他留在城里,直到听见日军的机关枪声。……多年来,在茫茫人海,梦见过多少次重逢,醒来仍然是梦……

怎么会! 这怎么会! 我叫起来。

我说出那次大轰炸的情景:同学们多么喜欢敲钟,我和红头绳儿站得多么近,脚边的坑是多么深,空袭来得多么突然,我们疏散得多么快!……只瞒住了那封信。我一再感谢校长对我们的严格训练,否则,那天将炸死很多孩子。校长一句话不说,只是听。为了打破可怕的沉默,我只有不停的说,说到那口钟怎样巧妙的落进坑中,由工人迅速填土埋好。

泪珠在校长的眼里转动,吓得我住了口。这颗泪珠好大好大,掉下来,使我更忘不了那次轰炸。

"我知道了!"校长只掉下一颗眼泪,眼球又恢复了干燥。"空袭发生的时候,我的女儿跳进钟下面坑里避难。钟掉下来,正好把她扣住。工人不知道坑里有人,就填了土……"

"这不可能!她在钟底下会叫……"

"也许钟掉下来的时候,把她打昏了。"

"不可能!那口钟很大,我曾经跟两个同学同时钻到钟口里面写标语!"

"也许她在往坑里跳的时候,已经在轰炸中受了伤。"

我仔细想了想:"校长,我觉得还是不可能!"

校长伸过手来,用力拍我的肩膀:"老弟,别安慰我了，我情愿她扣在钟底下，也不愿意她在外面流落……"

我还有什么话可说？

临告辞的时候，他使用当年坚定的语气告诉我：

"老弟，有一天，咱们一块儿回去，把那口钟吊起来，仔细看看下面。……咱们就这样约定了！"

当夜，我做了一个梦，梦见我带了一大群工人，掘开地面，把钟抬起来，点着火把，照亮坑底。下面空荡荡的，我当初写给红头绳儿的那封信摆在那儿，照老样子叠好，似乎没有打开过。

失楼台

小时候,我最喜欢的地方是外婆家。那儿有最大的院子,最大的自由,最少的干涉。偌大几进院子只有两个主人:外祖母太老,舅舅还年轻,都不愿管束我们。我和附近邻家的孩子们成为这座古老房舍里的小野人。一看到平面上高耸的影像,就想起外祖母家,想起外祖父的祖父在后院天井中间建造的堡楼,黑色的砖,青色的石板,一层一层堆起来,高出一切屋脊,露出四面锯齿形的避弹墙,像戴了皇冠一般高贵。四面房屋绕着他,他也昼夜看顾着它们。傍晚,金黄色的夕阳照着楼头,使他变得安详、和善,远远看去,好像是伸出头来朝着墙外微笑。夜晚繁星满天,站在楼下抬头向上看他,又觉得他威武坚强,艰难的支撑着别人不能分担的重量。这种景象,常常使我的外祖母有一种感觉,认为外祖父并没有死去,仍然和他同在。

　　是外祖父的祖父,填平了这块地方,亲手建造他的家园。他先在中间造好一座高楼,买下自卫枪支,然后才建造周围的房屋。所有的小偷、强盗、土匪,都从这座高耸的建筑物得到警告,使他们在外边经过的时候,脚步加快,不敢停留。由外祖父的祖父开始,一代一代的家长夜间都宿在楼上,监视每一个出入口。

　　轮到外祖父当家的时候,土匪攻进这个镇,包围了外祖父家,要他投降。他把全家人迁到楼上,带领看家护院的枪手站在楼顶,支撑了四天四夜。土匪的快枪打得堡楼的上半部尽是密密麻麻的弹痕,但是没有一个土匪能走进院子。

　　舅舅就是在那次枪声中出生的。枪战的最后一夜,宏亮的男婴的啼声,由楼下传到楼上,由楼内传到楼外,外祖父和墙外的土匪都听到这个生命的呐喊。据说,土匪的头目告诉他的手下说:"这家人家添了一个壮丁,他有后了。我们已经抢到不少的金银财宝,何必再和这家结下子孙的仇恨呢?"土匪开始撤退,舅舅也停止哭泣。

　　等到我以外甥的身份走进这个没落的家庭,外祖父已去世,家丁已失散,楼上的弹痕已模糊不清,而且天下太平,从前的土匪,已经成了地方上维持治安的自卫队。这座楼惟一的用处,是养了满楼的鸽子。自从生下舅舅以后,二十几年来外祖母没再到楼上去过,让那些鸽子在楼上生蛋、孵化,自然繁殖。楼顶不见人影,垛口上经常堆满了这种灰色的鸟,在金黄色的夕阳照射之下,闪闪发光,好像是皇冠上镶满了宝石。

外祖母经常在楼下抚摸黑色的墙砖,担忧这座古老的建筑还能支持多久。砖正风化,砖与砖之间的缝隙处石灰多半裂开,楼上的梁木被虫蛀坏,夜间隐隐有像是破裂又像摩擦的咀嚼之声。很多人劝我外祖母把这座楼拆掉,以免有一天忽然倒下来,压伤了人。外祖母摇摇头。她舍不得拆,也付不出工钱。每天傍晚,一天的家事忙完了,她搬一把椅子,对着楼抽她的水烟袋。水烟呼噜呼噜的响,楼顶鸽子也咕噜咕噜的叫,好像她老人家跟这座高楼在亲密交谈,日子就这样一天天的过去。

喜欢这座高楼的,除了成群的鸽子,就是我们这些成群的孩子。我们围着他捉迷藏,在他的阴影里玩弹珠。情绪高涨的时候掏出从学校里带回来的粉笔在上面大书

"打倒日本帝国主义"。如果有了冒险的欲望,我们就故意忘记外祖母的警告,爬上楼去,践踏那吱吱作响的楼梯,拨开一层一层的蜘蛛网,去碰自己的运气,说不定可以摸到几个鸽蛋,或者捡到几个空弹壳。我在楼上捡到过铜板、钮扣、烟嘴、钥匙、手枪的子弹夹,和邻家守望相助连络用的号角——吹起来还呜呜的响。整座大楼,好像是一个既神秘、又丰富的玩具箱。

它给我们最大的快乐是满足我们破坏的欲望。那黑色的砖块,看起来就像铜铁,但是只要用一根木棒或者一小节竹竿一端抵住砖墙、一端夹在两只手掌中间旋转,木棒就钻进砖里,有黑色的粉末落下。轻轻的把木棒抽出来,砖上留下浑圆的洞,漂亮、自然,就像原来就生长在上面。我们发现用这样简单的方法可以刺穿看上去如此坚硬无比的外表,实在快乐极了。在我们身高所能达到的一段墙壁,布满了这种奇特的孔穴,看上去比上面的枪眼弹痕还要惹人注意。

有一天,里长来了,他指着我们在砖上造成的蜂窝,对外祖母说:"你看,这座楼确实到了它的大限,随时可以倒塌。说不定今天夜里就有地震,它不论往哪边倒都会砸坏你们的房子,如果倒在你们的睡房上,说不定还会伤人。你为什么还不把它拆掉呢?"

外祖母抽着她的水烟袋,没有说话。

这时候,天空响起一阵呼噜呼噜的声音,把水烟袋的声音吞没,把鸽子的叫声压倒。里长往天上看,我也往天上看,我们都没有看见什么。只有外祖母不看天,看她的楼。

里长又说:

"这座楼很高,连一里以外都看得见。要是有一天,日本鬼子真的来了,他老远先看见你家的楼,他一定要开炮往你家打。他怎会知道楼上没有中央军或游击队呢?到那时候,你的楼保不住,连邻居也要遭殃。早一点拆掉,对别人对自己都有好处。"

外祖母的嘴唇动了一动,我猜她也许想说她没有钱吧!拆掉这么高的一座楼要花不少的工钱。可是,她什么也没有说。

呼噜呼噜的声音消失了,不久又从天上压下来,坠落非常之快。一架日本侦察机忽然到了楼顶上,那刺耳的声音,好像是对准我们的天井直轰。满楼的鸽子惊起四散,就好像整座楼已经炸开。老黄狗不知道发生了什么事,围着楼汪汪狂吠。外祖母把平时不离手的水烟袋丢在地上,把我搂在怀里。……

里长的脸比纸还白,他的语气里充满了警告:"好危险呀!要是这架飞机丢个炸弹下来,一定瞄准你这座楼。你的家里我以后再也不敢来了。"

这天晚上,舅舅用很低的声音和外祖母说话。我梦中听来,也是一片咕噜。

外祖母吞吐她的水烟,楼上的鸽子也用力抽送它们的深呼吸,那些声音好像都参加计议。

一连几夜,我耳边总是这样响着。

"不行!"偶然,我听清楚了两个字。

我在咕噜咕噜声中睡去,又在咕噜咕噜声中醒来。难道外祖母还抽她的水烟袋?睁开眼睛看,没有。天已经亮了,一大群鸽子在院子里叫个不停。

唉呀!我看到一个永远难忘的景象,即使我归于土、化成灰,你们也一定可以提炼出来我有这样一部分记忆。云层下面已经没有那巍峨的高楼,楼变成了院子里的一堆碎砖,几百只鸽子站在砖块堆成的小丘上咕咕地叫，看见人走近也不躲避。昨夜没有地震，没有风雨，但是这座高楼塌了。不！他是在夜深人静的时候悄悄的蹲下来，坐在地上，半坐半卧，得到彻底的休息。它既没有打碎屋顶上的一片瓦，也没有弄脏院子。它只是非常果断而又自爱的改变自己的姿势，不妨碍任何人。

外祖母在这座大楼的遗骸前面点起一炷香，喃喃地祷告。然后，她对舅舅说：

"我想过了，你年轻，我不留下你牢守家园。男儿志在四方，你既然要到大后方去，也好！"

原来一连几夜，舅舅跟她商量的，就是这件事。

舅舅听了，马上给外祖母磕了一个头。

外祖母任他跪在地上，她居高临下，把责任和教训倾在他身上：

"你记住，在外边要争气，有一天你要回来，在这地方重新盖一座楼。……"

"你记住，这地上的砖头我不清除，我要把它们留在这里，等你回来。……"

舅舅走得很秘密，他就像平常在街上闲逛一样，摇摇摆摆的离开了家。外祖母依着门框，目送他远去，表面上就像饭后到门口消化胃里的鱼肉一样。但是等舅舅在转角的地方消失以后,她老人家回到屋子里哭了一天,连一杯水也没有喝。她哭我也陪着她哭,而且,在我幼小的心灵中,清楚的感觉到,远在征途的舅舅一定也在哭。我们哭着,院子里的鸽子也发出哭声。

以后,我没有舅舅的消息,外祖母也没有我的消息,我们像蛋糕一样被切开了。但是我们不是蛋糕,我们有意志。我们相信抗战会胜利,就像相信太阳会从地平线上升起来。从那时起,我爱平面上高高拔起的意象,爱登楼远望,看长长的地平线,想自己的楼阁。

看兵

抗战是夏天发生的。秋天，家乡变成战场，父母带着我和弟弟妹妹逃难，西边有炮声，我们往东走；北边有火光，我们又往南移。一个有悠久历史的家族，百里之内到处有亲友照应，在小孩子心目中，这次逃难是一次自由活泼的长途旅行，只有做父母的知道忧愁。等到战火推移到远方，古城里插上太阳旗，不断传来铁丝网、流弹、刺刀和狼狗的故事，他们的叹息更沉重。一连几年，我们只是遥望古城，飘流四乡，无法回到老宅安居，可是出笼的小鸟从此野了心，开了眼界，把苔痕斑剥的四合房抛到九霄云外去了。

那时候，我们兴味盎然百看不厌的，是"过兵"。过兵是浩荡的武装部队从你身旁经过，你一次可以看见那么多的人、武器，听到跟这些人这些武器有关的传说，你是在享受新鲜的撞击。正规军不见了，代之而起的是数量更多的游击队，四乡成了他们来往穿梭的运动场。一波又一波庄稼汉，发根里还藏着泥土，衣襟上还沾着鸡粪，就挺胸昂首连绵不断变成血肉长城。你每看一遍，就像再逛一次博览会一样，总能发现新的意义。

"过兵"的时候，连大人也跑出来看。"抗战"的念头是生命的酵粉，弄得他们心灵痒痒，从他们眼底一列一列经过的兵，正好做反复搔爬的梳齿。看那些勇士们，放下锄头，扛起过时的步枪，跟你穿同一式样的衣服，操同样的口音，分明是你的邻人，可是你不认识他，一个也不认识。你觉得自己的世界何等狭小！只好目送他们如目送飞鸿，悠然神往。有时候，队伍里的人招招手，看兵的人就进了行列。有些正在耕田锄草的农夫，看兵看得心动，竟丢下自己的锄头，丢下主人的牛，拍拍两手泥土，尾随滚滚人流，一去不回。

队伍总是愈走愈长，谁也猜不透到底有多长……

那天是端午节前一天。那天我们很爱国。那天我们用抗战填我们的心、用粽子填胃。那天我们发现白娘娘比屈原更出名。那天人人都爱蛇，妹妹从邻家学会了绞缠五色线，把一小段一小段五色线丢进水里，等着孵化为长虫。那天每个人都忙，但是一声"过兵了"使一切忙碌停止。我丢下竹叶、红枣，夺门而出，朝着狗吠的地方、小孩子拍手的地方跑。

从我们眼前经过的队伍是一条最长的蛇。他的头已深深穿透东面的村子，转一个弯儿向南面的旷野摇摆，他的尾部还盘在西面的几个村子里，一圈一圈放开、拉直。一条废河两岸垂柳掩护他的腰，随着地形的起伏，蠕动骨环，向前延伸。

我看见迎面而来的是一队红缨枪，缨须像平剧舞台上的胡子垂着，染得血红，使你联想矛尖的用处：挑一个血淋淋的人头。现在矛尖打磨得耀眼明亮，气候虽然热起来，矛尖上还挂着冰似的冷芒，冷芒加冷芒编成一张死白的网，网里装饰着荡漾着一汪一汪死红。扛枪的汉子们鼓起胸膛，迈开大步，翘着下巴，两眼傲然，一身优越感，看神气，根本没有把机枪大炮看在眼里。旁观的人激动了，拼命拍巴掌，孩子们朝着他们欢呼。这一点热情化不开红缨下面满脸的僵硬,谁的眼珠也没有朝我们瞟一下,这些人牢牢冻结在腾腾杀气里,不感无觉向前直奔。

望人流来处,又涌起层层后浪,人群簇拥着马,马上高耸突出一个发亮的人,好像一团黑压压的云捧着一尊神。我喜欢看马,马未到,枪队先来。我也喜欢看枪,看枪身特别长的大盖子,枪管特别粗的套筒子,枪膛旁边多出一个方形铁盒的汉阳造,枪托枪壳粗糙丑陋的单打一。准星和瞄准器都装在枪身旁边的"歪脖子"最能引起我们崇拜的心情,它是日本军队使用的机枪,没处买,只有拼命从敌人阵营里抢夺,一挺歪脖子代表一次大捷、一件辉煌的战功。这些,我都看到了,可是这天最惹眼的还是一匹马,在长枪短枪机枪护卫下,马以最好的弹性走出俊美的姿势。它昂着头,眼神从长长的鼻梁两侧落下来,一切蛮不在乎的神气。马毛整洁,像上了釉子。一身高贵的骨骼比美凝固的海浪,扭动的山岭,相形之下,周围的人都成了面目模糊的泥偶。

一匹马可以使一个人变成英雄。

马走得很慢，我们来得及端详骑在马上的人。紧贴着马的肚子，一双黄皮鞋插在镫里，青布夹裤的裤脚扎在绑腿带里。腋下佩枪的地方挂着望远镜，头上迎着天光是一顶草帽和一付茶色太阳眼镜。这是游击队里少见的装束，我们断定他是个人物，劈里拍拉不停的鼓掌。那人朝我们望了一眼，隔着墨镜照样尖锐刺人。他翻身下马，朝着我们走过来。尽管他站在平地上，还是有异样压力，异样气势。

我有点害怕，忍住战栗。

他伸出手来握每一个人。他的手温和，不过那一双又大又热的手掌还是吓了我一跳。

他的声音在我耳边响："小兄弟，你为什么还不参加抗战！"他不是问，是轻轻的责备。

我有几秒钟心神恍惚，说不出话来。等他放开手，我就转身往回家的路上跑。

为什么不去参加抗战？我问自己。

这个问题更使我心跳。

去问母亲："我为什么还不参加抗战？"母亲正煮粽子，满院子竹叶的清香。

她说："去问你爸爸。"

偷眼看爸爸，他正在看曾文正公家书，一脸正气，我不敢插嘴。

不去抗战，也不能进学校，只有去写父亲规定临摹的九成宫。

村长来了，一个翘着小胡子的干老头儿。我竖起耳朵听他说什么。

原来一部分游击队留在本村吃晚饭，村长来通知家家送饭。他说四四支队在附近七、八个村子歇脚，也许今夜不走。

今天村长跟我一块儿看兵，那个骑马的人跟村长握过手。村长还自我介绍，说随时准备效劳。

照老例子，我们这一家分担五人份的伙食。虽说"我们吃什么，他们也吃什么"，没钱的人家送出去的饭菜不能太坏，怕他们不高兴；有钱人家供应的伙食也不能太好，怕他们吃馋了嘴。这也是老规矩，家家心里明白。

母亲说："我们让他们吃粽子好了，明天过节，这些人离乡背井,今天应个景儿。"

有好几个家庭拿出粽子来。粽子送到打麦场上,大汉们睁大了眼睛,听得出有人咽唾沫。这些大汉背后插一把大刀,胸前两枚手榴弹,是清一色的大刀队。没看到枪,有点失望,也有点悚然,暗暗担忧:如果有一枚手榴弹"走火"爆炸了怎么办。

一个比我略高半头的大孩子走过来谢我,他没有带刀,也没有手榴弹,只在肩上挂一只军用水壶。他的衣服臃肿,手很热,大眼睛又黑又精明。我跟大汉心理上有距离,总觉得他们咄咄逼人,尤其那个骑在马上的人,可以用影子把人压扁。

我跟这个大孩子马上混熟了,他说他叫李兴,半年前参加游击队。

"你们为什么不趁热吃?"我指一指粽子。

"等我们司令官来。"他说,"你看见过司令官吗?"

我摇摇头。

"他叫石涛。你一定听说过这个名字。"

我茫然。我只知道明末清初有个画家叫石涛。

"你要记住这个名字,这个人的名字会写在抗战史上。"

他比我大两岁。他能参加抗战,我应该也能。为了确定我的想法,我问:"你的年纪这么小,怎么敢出来抗战?"

"小?"他盯住我,使我低头发窘。"你以为你小?日本鬼子把小孩子挑在刺刀上,再小也不放过!"

我们已经够大了,敌人的刺刀挑不动我们了。

他轻轻拍我的肩膀,使我恢复自尊:"下一次见面,我希望是在抗战的部队里。"

我思索怎样实现这个愿望,他又说:"你听,我们司令官来了。"傍晚的乡村很安静,能听见远远的马蹄声。"他很伟大,吃饭以前,他要到每个村子看看同志们,等到每一个同志嘴里都嚼饭了,他自己才吃饭。"

他赶快回到那一伙大汉身边去了。我注意看马,仍然是那匹马,马上仍然是那个人,他围着村子绕了一圈儿,察看地形,慰勉哨兵,仍然戴着茶色眼镜。这时夕阳衔山,林下屋角已有暮色,眼镜的颜色显得很黑,连人带

·碎琉璃·

马都神秘起来。

所有的人都仰脸看他，一脸敬畏。

灯下，我有永远摹不像的欧阳询，父亲有永远读不厌的曾文正，而村长有他永远应付不完的官差。

村长说，游击队还没有离开村子，看样子，他们也许要宿一夜，村人要有心理准备。

话未说完，灯影下出现了李兴。我以为他来投宿，不是，他两手按在肚子上直不起腰来，嚷肚子痛。我去搀他，看见他额角往下滚汗珠，苍白的唇直打哆嗦。

"妈！"我情急的叫起来。

我一年四季有肚子痛的毛病，母亲有处理这种病的经验。她左手捧着一堆药丸，右手端一碗温开水，让李兴吞下去。

第二步，我搬来两条长凳，并摆在客厅里，让李兴躺在上面，解开衣服，露出肚子来。母亲取一帖膏药，在灯火上烤热了，轻轻揭开，贴在李兴的肚脐上，手掌压下去，揉几揉。我有经验，知道膏药的热力，手掌的热心，药的香味,一齐透入内心,教人想哭。李兴的眼角果然滚下几颗豆大的泪珠。

"你怎么还穿着棉衣!"母亲吓一跳。

"我冬天从家里出来,只有这么一套衣服。"

"你的身材比我孩子大不了多少。他有一套衣服太肥了,你换下来吧。"

"不行,"李兴说,"我不能要,这是司令官的规定。我进来穿什么衣服,出去还得穿什么衣服。"

母亲怔了一下,急忙到灯下去看她的手,用拇指和食指捏住一点什么,教我掌着灯一同察看李兴的衣服,又从李兴的肚皮上捏起两个虱子。

"你身上全是虱子。你的棉衣成了虱子窝。这身衣服非换不可。"

"大娘,不能换,司令官会罚我。"李兴的口气简直是哀求。

"你们司令官这么厉害!"母亲有些不服气,"我有办法,不能让虱子吃了你。"

吩咐我:"把火盆搬到院子里,生一盆火!"

她拿一条被单盖在李兴身上,吩咐他:"把棉衣脱下来，我给你拆开，拿掉棉花，改成夹衣。"

我掌着灯，母亲在火旁拆衣，一把一把扯下棉絮往火里丢。棉絮着火，先劈里拍拉响一阵，像一串小小的鞭炮。虱子在烧死以前，肚皮先炸开。一个虱子一声响。接着，火里升起浊烟，有刺鼻的腥臭。棉絮烧完，棉衣剩下几张布片，母亲把布片放在澡盆里，把蒸馒头用的热水倒下去，杀死虱子在衣缝里留下的卵。当年给弟弟烤尿布的竹笼已好久不曾用过，现在又搬出来，把布片烤干。母亲快速工作，转眼间请来东邻阿姨、西邻阿婆，把书桌饭桌都抬到厢房，拼成一个特大的裁缝桌，半打洋烛同时点着，大家赶工缝李兴的夹衣。

这天晚上，我跟李兴谈得很投机。谈到兴奋处，我的脸发热，他的脸也褪去苍白，鼻孔呼呼有风声。我们谈到我的家、他的家，我的母亲、他的母亲，谈我到过的地方、他到过的地方，我的未来和他的未来。

这天晚上，像探险一样，我走进一个陌生人的世界。

李兴没有父亲，从小跟母亲种菜过日子，住在菜园中间的小茅屋里,生活很苦,最苦的是半夜有人来偷菜。

虽说是偷,其实等于公然抢夺,来者是身强力壮的男人,围着小茅屋挖白菜,拔萝卜,脚下踩得苴蓿响。一个寡妇怎敢出门干涉,她只有坐在床上流眼泪,等那阵野蛮的践踏成为过去,等天亮了再去收拾菜圃里的狼藉。

他们养了一只狗,夜晚,狗留在门外看守菜园。半夜从狗吠中惊醒,有恐惧,也有安慰。但是,有一夜,狗在四围叱骂声和重击声中受了伤,不断的尖嚎、不断的冲锋也不断逃避。小茅屋里,母子俩战战兢兢,比自己挨刀子还难受。好容易,等骚乱停止,李兴的母亲点亮油灯,悄悄把房门打开一条缝,狗没命的钻进来。半残的灯火里,狗流着血看她,她流着泪看那只狗。

……

这样的日子怎么过下去呢?

我觉得我已经不小了,我比一只狗大得多,可以跟人家拼命了。我到镇上去买刀。

在镇上碰见我的老师,他知道我的处境,他也看见我的眼里有火。他说:"刀给我,这把刀会要你的命。"

可是日子怎么过下去呢?

"你的年纪不算大,也不算小,干脆去打游击算了。"老师说,"我可以介绍你进四四支队。"

"我的母亲怎么办?"我以为,剩下母亲一个人,岂不更受那些人的欺侮?

老师的看法给了我很大的启示:"你在家,并不能帮助你的母亲。你如果离开家去打游击,你的母亲反而有了仗恃。那些游手好闲的人不敢再偷你家的菜,他们怕你有一天骑着高头大马回来,用马鞭抽他们的脸。"

……

第二天夜里,李兴在他母亲枕头底下偷偷塞了一封信。走到菜圃旁边的小径上,他拍了拍那只狗。

说到这里,李兴的眼睛很柔和,声音也很柔和,跟白天的李兴好像是另外一个人。我很喜欢晚上的李兴,这天晚上,我不断的想他,也不断的想我。

李兴看见过日本兵杀人:先强迫待决之囚自己挖好一个坑儿,再强迫那人跪在坑边,像照镜子一样望着坑底。小日本兵站在他背后,双手抡起军刀。那个已经知道自己命运的人，闭紧眼睛，等着受死。可是挥刀的人需要对方伸直了脖子挨刀，他早知道应该怎样做，他的马靴旁边已预备好一桶清水。他把军刀插进水中，迅速提刀，刀尖向下，对准那人的后颈，晶莹的水珠从刀尖滴下来，流进那人的衣领里。那个可怜的人什么也不知道，只觉得脖子发凉，就本能的收紧肌肉，既而知道是一场虚惊，又本能的放松。这时，他不知不觉伸直了脖子，这时，他头上的刀势一变，刀光一闪，突然不见人头，突然两肩中间有一个圆形的白色断痕，突然断痕变红，血像泉水涌出，无头的身体向前倾倒，掉进他自己挖好的坑里，他的头颅先在坑里等他。由军刀从水桶里提起，到人头从脖子处断落，又快又准，简直来不及看清楚。

我连一个日本兵也没看见，只见过他们留下的靴印。

李兴玩过游击队打鬼子的游戏，两队儿童厮杀，胜的追，败的逃，一溜烟钻进茶馆的桌子底下。喝茶的顾客喝住孩子们，仔细盘问：

"谁扮游击队？"

孩子们从桌子底下钻出来，挨大人的一顿申斥：

"既然扮了游击队，就不该这样禁不起打。"

扮演日本兵的一方更惨,要不是躲得快,准会每人挨一个耳光。一顿骂当然是免不了的:"没出息!什么不好扮,偏要扮日本鬼子!你们既然扮鬼子,就该让游击队打胜,居然有脸追到这里来!"

我没有扮演过游击队,每天只临九成宫。

李兴进游击队不过半年,就立过一次大功。他说:

有一次夜行军,我们在一条山路上快步行走,路旁山坡长着很深的茅草,草叶在微风里细碎的响着。走到一个地方,我的心一动,停下来想。

小队长催我跟上队伍,我贴近他的耳朵:

"草里有人。"

"怎么知道?"小队长很惊讶。

"风里有一阵臭味,是一个人正在大便的气味。"

风是从草顶上吹过来的。小队长用力吸他的鼻子。他知道,那人蹲在草丛中绝不是为了拉野屎。

小队长报告中队长,中队长又报告大队长,大队长说:"也许草里不止一个人。"他把机枪班从队伍里抽出来殿后,命令机枪向草丛扫射。

"饶命!"草丛中有人叫喊。

"继续扫射!"

机枪向发出叫声的地方摆头,吐火舌。

一个人影从草尖上冒出来,高高举起双手,但是身体没法站稳,扭了两扭,倒进草里。

"继续扫射!"

草中再没有动静,这才听见宿鸟惊飞,乱作一团。枪声的回音向山下的村落人家扑过去,再回来刮人的耳膜。

事后,大队长当众把李兴大大夸奖一番,说他的机警可以做大家的模范。

唉,我呢?

现在还不参加抗战,抗战一旦胜利了,你会后悔一辈子。

我像一个气球,李兴朝我里面吹气。吹满了空气的气球再也安静不下来,只要再吹一口气,我就要飞、要炸了。

当李兴穿好他的"新衣"时,我下了决心,悄悄对他说:"我要参加你们的队伍。你们离开村子的时候,我跟着走。"

"好！我替你安排！"他伸出手。

"好！谢谢你！"我握住他的手。

一觉醒来，窗纸上洒满太阳。心里一急，来不及洗脸就往外跑，暗暗埋怨李兴怎么不来叫我早点儿起身。

打麦场里人影不见，只有透明的阳光。我暗笑自己的慌张！他们怎会在打麦场里过夜呢？

正思量到什么地方去找李兴，蓦听得背后有人：

"都走光了？"

"都走光了！"

转身看见村长和父亲站在场边，指指点点。

"大队人马半夜开拔，鸡不叫狗不咬，他们好厉害！"父亲说。

村长走进打麦场中央，向四处察看："他们昨天晚上在这里吃饭，现在你看，地上连一颗饭粒、一片粽叶也没有，收拾得干干净净。"他又到场边围着草堆走："连一把草也没少，地上连一根乱草也不见。他们吃过粽子，把粽叶洗得干干净净，叠得整整齐齐，还给人家。太厉害啦！"

村长的脸色很沉重。

父亲的脸色很沉重。

我读不懂他们的脸色。我只知道：李兴走了！没有解释，突然无影无踪，跟昨天晚上完全连接不起来。我陷入一阵莫名的怅惘……

青纱帐

在这里，我要记下我并不喜欢而又终身难忘的两个人物，一个是游击队三九支队的一位中队长，他大概姓张，也许姓刘，事隔多年，姓名模糊，挂在他右颊下面的一个血瘤却愈久愈清晰，像一枚熟透了的茄子沉沉下坠，拉得鼻子眼睛都向右斜去。另一个，绰号"娃娃护兵"，一张娃娃脸，整天背着盒子炮东奔西走传达司令官的指示，跟中队长的交情好极了。我为什么既不喜欢他们而又忘不了他们呢？那是因为这里面牵涉到一个女人；是因为夏季华北漫天遍地都是望不尽穿不透的高粱田。说来话长。

那年高粱正在抽穗，我开始了久已跃跃欲试的抗战经历。高粱比任何轩昂的大汉还要高，汪洋遍野，里面藏得下千军万马。这季节，日本兵躲在城里擦炮，不敢出门，游击队趁机会纵横四方，从一片无涯无际的植物海里漂游而上，潜隐而去，无所不至，无所不在。那年头，谁家里窝藏着一个年轻人是谁家的罪恶，这种压力把我挤出来，挤进高粱地里，跟着长工摸摸索索寻找三九支队的司令部。平时想起来，三九支队就在眼前，一旦要找他，谁知竟十分艰难，东奔西走，你看见的只是高粱，森严罗列的高粱，不透风不透光的高粱，夹壁墙似的高粱，迷宫一般的高粱。高粱围困我，封锁我，我屈身在千重青万重绿解不开挣不脱的包裹里，跟世界隔绝。我怀疑我置身另一空间，永远找不到三九支队，也许等我冲出网罗，世界已经变了样子，也许抗战胜利，也许所有的游击队都已解甲归田。也许根本没有三九支队，根本没有抗战，所有的只是高粱，高粱，高粱。

中队长是一个黑黝黝的汉子，依乡村的标准看，他算是一个胖子。他的右腮挂着一个软皮的瘤，像是口袋里咬着一个钱袋。我几乎在没有看见他这个人之前，先看见那个著名的血瘤。他说话的时候，用右手托住那东西，以便唇舌运用自如。望着这个人，我心里有两个疑问：第一，既然有这么大的血瘤消耗他的精血营养，他怎么还能这么胖？第二，游击队经常跟敌人捉迷藏，他拖着这么大的累赘，怎么跑得快？可是中队长用自负的口吻对我说，他是一个优秀的游击队员。

> 小兄弟，你要处处听我的话，事事跟我学，你才可以长命百岁，熬到抗战胜利还活着。司令官交代过，要我收你这个学生，训练你能游能击，最不济事，你也得能游。

我只有唯唯称是。

他把我带到村外，登上一座高岗，望那天连地、地连天的高粱。阳光射在高粱的叶子上，反射成万点火花，风过处，火花跳跃，几乎使人睁不开眼睛。他指着一片原野："你来打游击，第一件是要学会钻青纱帐。要做到钻进去，钻出来，敌人逮不着你，太阳晒不昏你。你要在里面分得清东西南北，找得到自己的营房，不要瞎撞到四四支队去，教人家活埋了！"

"四四支队？"我吃了一惊，想起这支队伍在我们庄上住过一宿。那一宿，我结识李兴，引发抗战的冲动。

他没注意我的震动，挥手说一声"走！"带着我下了岗子。我跟他走进高粱地，左转一个弯，右转一个弯，小褂儿被汗水浸透了，紧紧贴在前心后背上，好不难受。中队长倒是一个很认真的教官，他一再纠正我的姿势，使我在行走中尽量不要碰动高粱杆儿。他教我怎样利用日影分辨方位。他说，如果渴了，可以找一颗只长叶子不抽穗子的高粱，它的杆儿是甜的。他沾沾自喜的说，如果有人追他，他可以利用高粱杆儿把对方绊倒。他要表演给我看。于是他在前头跑，我在后面追，他突然蹲了下去，不知怎，两棵高粱横在我的脚前，我一头栽下去，满脸是土。

"好了，今天到此为止。"他把我从地上拉起来，"我走了，你留下，呆一会儿自己找路回去。"

望着一排一排高粱杆儿遮没他的身影，心情轻松了许多，脱下了小褂，把汗水拧干，又用它把身上的汗擦掉，觉得凉爽一些。可是我马上尝到孤单的滋味。这是植物的世界，我站在里面完全是多余的。我不知自己置身何处，不知该往哪里走，从一棵一棵高粱的隙缝中远望，密密麻麻的高粱织成帷幔，你总以为揭开帷幔，到了尽头,其实一层帷幔后面还是一层帷幔,帷幔后面还有帷幔。

"青纱帐!"这个名字一点也没有错!

这是游击队天造地设的护身术,一向凭炮兵和骑兵致胜的日本兵,难怪要束手无策。天地茫茫,他的炮往哪儿打!如果他们骑着马在高粱地里驰骋,单单是高粱杆就可以抽得他鼻青脸肿,高粱叶子会割得他两臂血痕。每一棵高粱都会监视他,反抗他。对于敌人,每一棵高粱都是猛士,都能卷地而来,一拥而上。

想到这里,我觉得每一棵高粱,一山一水一树一木,都无比的亲切。

敌人连草木都不能征服,又怎能征服山川草木的主人?

忽然,帷幔后面传来了人声,惊得我汗意全消。我连忙蹲下,倾耳细听。

不错，前面有人，是中国人。虽然听不清楚说些什么，但是可以断定是中国人的声音，说的是中国语言。

那么，四四支队？

我听见第二个人的声音，是个女人。我站起来，没有什么可怕的事，男女轻声细语，情况一定不会严重。

郁闷的空气里有一股汗液的气味，和一阵低低的呻吟。

轻轻向前，揭开一层青纱，地上躺着两个人，两个肉体，但是只有一颗头。在一片青绿的背景下，露着人类血肉独有的淡红，显得特别赤裸。

再揭开一层纱，看得比较清楚，是两个人，两个头，可是只有一个身体。于是我再揭开一层纱。

他们的身体下面铺着很厚的高粱叶。由于他们多汗的躯干在上面滚动了很久，断叶乱七八糟的贴在身上，像是原始人的文饰。

女人长长的黑发，一半黏在自己的肩上，一半黏在男人背上，在太阳下晶莹有光。

女人转头，在浓黑和浓绿之中，我看见她清澈的眼白。她发现了我，惊慌的推那男人。

男人也看见了我,他跳起来,抓起地上的衣服,像一只突围的兽那样钻进高粱棵里,不见了。

剩下的一个也迅速起身,她不逃,朝着我向前一步,带着满身的高粱叶,满身的乱发,满脸的汗,也许还有泪,直挺挺的朝我跪下,仰脸看我。

惊慌无措的反倒是我。

我把脚一跺:"你还不快走!"

"我的小爷,你得把衣服给我!"

我这才发觉,无意中把她的衣服踩在脚下了。连忙退后一步,把地上的裤褂踢过去,她双手抱住。

她倒是不跑,转身过去,以背向我,举起双手整理头发,肌肉随着动作弹动,看得我心惊肉跳。她又从容揭掉贴肉的高粱叶,凡是头发和高粱叶压过的地方,特别红艳,像是一道一道的鞭痕。我立刻断定她受了委屈,在乡下,很不容易看得到像她这样姣好的女人,她却没有美满的生活。

她穿好了衣服,去收拾地上的高粱叶,用绳子捆好。我才明白她为什么不逃,她是借"打高粱叶"为由出来幽会的,得把这东西带回去做个证明。她的生活里面也需要这些东西：编席子或者晒干了引火。

临走，她狠狠的对我说：

"今天的事，教你撞破了。你要是告诉别人，我就死！"

娃娃护兵住在司令官隔壁的一个小房间。司令官要找他，就用手杖敲墙。

司令官吩咐我在娃娃护兵的房间里搭几片木板，住在里面。有了伴儿，"娃娃"很高兴，我在房里，他可以多偷些时间到外面游逛。司令官敲墙的时候，我就跑过去应付。

娃娃护兵也常常带着我四处走动，他说："你跟我一起，大家知道你是支队部的人，不再拿你当外人。游击队没有制服，没有符号，每个人凭一张脸。多露脸，少误会。"

他有理由。但是跟在他后面，他有一个习惯使我受不了，见了年轻女人，他就露出色鬼的样子来。

有一次，他跟在一个小媳妇后面叫"嫂子"，嘴里不干不净。小媳妇起初不理他,后来气极了,回过头来骂了一声"不要脸!"虽然骂的不是我,我的脸先红了,娃娃护兵却高兴万分,对我说:"骂得好!她肯骂,我就有希望!"

他爱唱小调。有一个小调,他唱得次数最多:

> 手把着肩膀叫了一声哥儿啊,
> 你不要忘了我啊!
> 手摸着大腿叫了一声妹儿啊,
> 谁能忘了谁啊!

有时候,听来很缠绵,但是他在井旁望着打水的大姑娘唱,腔调就邪淫了。他喜欢到井边看女人,来打水的女人都年轻。他说,女人使劲提水的时候,他能隔着衣服看清她们全身的肌肉。

一天,井口只有一位姑娘,她听见娃娃护兵的小调,红着脸,低着头,用小碎步回家去了,丢下两罐清水在井边没有带走。我催娃娃护兵离开,他不肯。

"她总要回来找她的水罐子。"他说。

可是她没有回来。娃娃护兵解开裤子,朝着她留下的水罐里撒小便。

"你这是干什么?"

"过瘾!"

我不懂他说什么,只是觉得可耻。

我们大概是前世冤家。如果不跟他在一起,觉得孤单,跟他在一起,又处处受他连累。

中队长给我弄到一支马枪,五发子弹。马枪是骑在马上使用的一种武器,长度比步枪短,重量也比步枪轻,对我这个半大不小的队员比较适合。

他花了一个小时的工夫教我装子弹,瞄准,扣扳机,然后说:"行了,今天夜里,我带你去放哨。"

放哨!

手里有了一支枪,虽然仅仅是五发子弹的马枪,那滋味真够刺激,加上放哨,更兴奋得难以入睡。娃娃护兵不知到哪里去了,我抱枪独坐,望窗外的一天星月。

人,有了一支枪以后,跟以前徒手的时候不再是完全相同的一个人。有什么东西在我的血肉里作怪。我抚摩着怀里的枪,任自己悄悄的膨胀……膨胀……

枪身是那样可爱的光滑,手握的部分恰恰均匀满掌,整条枪给你的感觉是柔顺服从,它听命于人,成为人的另一个肢体。我摸遍枪身,到达枪口;在黑暗中,这是深不可测的凶险之地,我好像俯瞰一座随时可能爆发的火山,惟恐它轰然出声。我愈看愈怕,愈怕,又愈想多看一眼。

终于,我依照中队长教导的方式,端平枪身,枪口向前。在我想像中,那慑人心魄的力量,正逼得黑暗步步后退,逼得这小小房间的四壁一丈一丈移开。我是坐在一座大厅的中央,灯火辉煌,不见阻隔。

中队长,娃娃护兵,我,三个人出来放哨。

"娃娃"在前,中队长居中,我最后,我们围着支队部转了一圈儿,惹得附近人家狗叫,狗叫引起狗叫,连远处的狗都在叫,邻村的狗也叫,叫得人好不心烦。

好在我们的目标不是支队部。我们登上村前的高岗。

第一个感觉是好凉快!月光星光涂个满身,每一个毛孔都愉快。

居高临下,握着枪,品尝握着权力的滋味,想飞。

高粱是一片银灰,村庄是一丛黑。人人都睡了,高粱也垂着头打盹儿。苍天永远不睡,俯瞰这季节性的植物海,如抱幼子,宇宙间弥漫凛不可犯的气概。

我们离天最近,我们也不睡。我们有凌驾一切之上的骄傲。

这里也不是目的地,中队长挥挥手,示意我们跟他走。

娃娃护兵和中队长并肩,一路交头接耳,把我撇在后面。

我一个人独享我自己的秘密乐趣。小时候,家人不准我接触黑暗,我听到的次数最多的命令是"那里很黑,不要去"。黄昏来了,我一步步后退,从城外退到城内,从街道退入家宅,从院子退入室内,退得不甘心,也退得很快,夜是我的监狱,黑暗像一堵墙封死门窗,使我窒息。

我早想在这堵名叫"黑暗"的墙上凿一个透光的洞。

今晚,我冲破黑暗了,我践踏黑暗了,我刺透黑暗了!

我有枪,有子弹。子弹比我的手臂长千倍,可以挖出黑暗的心脏,以隆隆巨响宣布黑暗的死讯。

我是手持魔杖遨游四海的法师。

我如潜艇刺穿了水。

我如飞行员刺穿了大气。

我像他们一样快乐。我到底长大了,独立了!

可怜,我真的独立了吗?

中队长来到一棵大树底下,站住。

我也在树下站住。

站在这里做什么?我不知道。我想,总有该站住的道理。

他俩盯着一间小茅屋死看。

我也目不转睛的看。

想看见什么?我也不知道。

中队长一拍娃娃护兵的肩膀,往前推他。

他上前敲门。

屋子里面没有反应。

他拾起半截砖头来，敲得比鼓还响。一面敲，一面狠狠地说："开门！再不开，手榴弹丢进来了！"

"谁呀！"屋里有女人的声音。

"查户口！"娃娃竭力使他的声音粗暴。

原来放哨还负责户口，我没想到。

"等一等！"里面有些慌张。

娃娃护兵一点不肯放松，拿砖头去砸窗户，一阵哗喇哗喇，窗纸全震破了。

吱呀一声，开了门，不见有人。中队长开了腔：

"先把灯点着！"

门里窗里飘摇着暗红色的光焰。中队长吩咐我："你在这里守着！"

他俩一拥而入。隔着窗子，传来一阵简短的问答，之后接着是剧烈的争执。原来小茅屋里面还有一个人，一个男人，他并不是女人的丈夫。

他是干什么的？

"汉奸！"中队长下了判断。

这是攸关生命的判断。那时代，游击队在防区内捉到擅自出没的汉奸，可以就地活埋。奇怪，这严厉的指控提出之后,争辩反而停止了。如果他是清白的,他应该叫起来。可是,他没有,她也没有。一阵沉默。中队长确已击中他们的要害。看样子,他们准备接受命运的一切安排了。

"好吧,"女的说:"你要怎么办就怎么办。"

"娃娃"招我进屋。"汉奸",短裤短褂,胸膛敞露,周身五花大绑,绳子把肌肉挤得凸凹不平。女的坐在床上,裹在被单里,肩膀以上裸露着。

昏沉的灯光射在她身上,变成温润的色泽,在这个肮脏紊乱的小茅屋里,她像是遗失在垃圾堆上的石膏像。

她的目光和我的目光相遇,刹那间,她认出了我,我认出了她。

她就是在青纱帐里上演的那一幕艳情的女主角。

男主角呢?难道就是他吗?

我望望他,再望望她,她的眼里突然露出鄙夷不屑的神气,转脸看墙。

我像挨了耳光一样沮丧。

我自问没有得罪她,我自问一向对她怀着善意,我自问一切都不是我的错,她为什么要侮辱我呢?

糊里糊涂中,娃娃护兵匆匆把一样东西放在我的手里,我糊里糊涂握牢了,糊里糊涂连同那个男人一齐被他推出门外。

门关了,我弄清楚手里握住一根绳子,绳子的一端捆着那个男人。

我想起,当"娃娃"推我出门的时候,中队长说过"把他拴在树上!"

我像拴牛一样拴他。他说:

"小兄弟,放开我吧,我以后绝不再来。"

"你是汉奸,怎么能放你!"一提起"汉奸",我又挺起胸膛来。

第一天放哨就捉到汉奸,太美妙了!等我老了,我要把今晚的事讲给下一代听,让他们睁大了眼睛羡慕我。

明天,整个支队部,整个大队,都会知道我亲手把一个大汉奸拴在树上,我一定立刻变成一个小英雄。谁还敢再轻视我?

对于立功的人,司令官一向有赏。他大概赏我两块袁大头。两块银币在口袋里叮当摩擦是一件教人开心的事情。不过,我要用这笔钱去买子弹,请中队长教我打靶。我要练成一个神枪手，一枪打断一棵高粱。

我正在踌躇满志，那个名叫"汉奸"的人插进来：

"我想起来了！你就是在高粱田里撞见我们的那个小兄弟吧？你把我们的事告诉中队长，又带着他来欺负人，是不？一个还不够？还要带来两个！你害死人了！年纪这么轻，怎么不知道积德呢？"

听得出来他在骂我。一个"汉奸"还敢这样没礼貌！我知道，汉奸，尤其是捆成一团的汉奸，你尽管打，我狠狠用枪托捣他。

"你这个小傻子！"那人却并不怕打。"你以后会长大，你以后会懂事。等你懂事了，你就知道我并不是汉奸。傻瓜，你怎么不想想，他们两个关起门来在里面干什么？"

是啊，他俩怎么还不出来呢？

门关得紧紧的。

窗棂一片黑，灯早已熄了。

月亮西斜，他们出来，中队长对"娃娃护兵"说："放了他。"

"娃娃"对我说："放了他！"

我说："他是汉奸！"

"娃娃"不理我,自己动手解绳子。

我望望中队长,中队长望天,一只手托住血瘤。

在"娃娃"松绑的时候,那人没命的说:"谢谢,谢谢。"

绳子掉在地上,那人摩擦两臂,抖动双腿,活动血脉。中队长开腔了,眼睛仍然望天:"你还不快滚?"

"是,是,"他是四肢能够伸屈自如了,跪下磕了一个头。

"这儿不许你再来!"

"是!我再也不来。"

望着他的背影,我着了急,一把拉住娃娃:"你怎么把汉奸放了?"

"谁说他是汉奸?"

"中队长说的呀!"

"我并没有说他一定是个汉奸,"中队长接过去,"我只是说,他有嫌疑。现在查清楚了,他并不是。好了,回去吧!"

回程中,我一路闷闷不乐。渔夫看见大鱼破网而出,大概就是这种心情。我总觉得那人是汉奸,不该释放。

娃娃护兵连盒子炮都没解下来,就把身体抛在床上,心满意足的说:

"今天夜里,我帮中队长报了仇。"

"报仇?"

"有一次,中队长独自一个去找那个小娘儿,被人家伸手抓住了瘤子,一动也不能动。今天夜里,哈!"

朦胧中,有谁在说:"快去看看啊,那小寡妇自杀了!"在半睡半醒中听来,声调十分怪异。

我一跃而起,门外已被阳光烤得很热。队员们三三两两朝同一方向走去。

"她在自己屋子里上吊死了,真可惜,那么漂亮!"

"去看看吧,这是最后一眼了!"

我紧跟在他们后面,想看个究竟。我望见大树旁边的小茅屋,停住脚步。无须再往前走了,我已经知道死者是谁。

我现在才知道她是个寡妇!

她一定恨我。在青纱帐里,她狠狠的说过:"今天的事,你要是告诉了别人,我就死!"她,还有"汉奸",都以为是我捣的鬼。冤枉啊,冤枉!天晓得,地晓得!我得买香、买纸,到她坟上去祝告,请她去问问天,问问地!

敌人的朋友

"自掘坟墓",很多人用过这句成语,他们可曾想到,"坟墓"果然由将死者亲手挖掘?

在抗战时期,敌后游击队对罪犯执行死刑,从不浪费子弹,那时候流行的办法是活埋。那些庄稼汉喜欢这个办法,他们给这种办法取了一个代名,叫做"栽"。

在那个时代,"活埋"是被当做一个"节目"来举行的。一小队枪兵,他们是监刑的人,也是行刑的人,押着死囚,招摇过市,由死囚自己扛着挖坑的工具。这个颇不寻常的队伍引来成群的观众,观众远远跟在后面。然后,是成群的狗。

理想的刑场有两个条件:第一要不种庄稼,第二要有一棵大树。死囚是被绳索绑紧了的,行刑的人使用一种特殊的方法结绳,使他的两手两臂可以工作;长长的绳索另一端拴在树上,使他无法逃亡。

"挖!"带队的人下了命令。

监刑的人随手带着鞭子,如果死囚拒绝服从,这些庄稼汉就用他们多年来驱策牛马训练出来的鞭法,使任何倔强的人驯伏。这时,观众可以看见他们预期的第一个高潮。在他们听来,鞭子的尖梢所爆出来的响声,比枪声要悦耳得多。不过这高潮通常并不出现,死囚多半立即奉命行事,绝不迟疑。

死者的工作是挖一个坑,深度恰好托住他的下巴,把头颅留在坑外。这个坑的面积,又需要他站在坑底掘土时能够挥动工具。虽然将死者多半也是农民,有多年种树开沟的经验,干起来也很吃力。幸而行刑的人颇为慈善,会给他一个短柄的锐利的铁器,缩短他的工时。

看哪,他挖得多么勇敢,多么努力!

看哪,他的手心磨破了,木柄上有他的汗也有他的血。看哪,从他额上串珠而下的是他的汗,不是泪。他的泪都化成了汗。……

坑挖得差不多了。

"等一等,你站直身子比比看。……再挖三寸。"

等到领队的人说:"好了,不要动!"死囚的手脚又被捆得牢牢的,全身上下捆成一根肉棍。行刑的手法真和栽植树苗相近,人插下去,四面填土,几十只脚在松软的土壤上加压挤紧。填平了,地面上只露着一颗脑袋,确实像是栽在那儿的一根肉桩。

这颗头颅,哪里还是万物之灵至尊的表记?它浮肿了,膨胀了。他逐渐不能呼吸,血液向头部集中,一张脸变成弹指可破的气球。他的嘴唇向外翻转,舌头拖得很长,舌尖沾土,眼珠从眼眶里跳出来,挂在鼻子两边。这时候,观众知道他已不足为害,就密集的聚拢过来,围成一个圆圈儿,仔细看这第二个高潮。他们的狗也挤进来,朝着人头伸长了舌头打转儿。

行刑的那一小队人马里面,有一个真正的专家,他的腰带里插着一把小小的铁锤。他的工作是,最后在那颗摆在地面上的头颅顶端找一个标准的位置,猛敲一下。他敲得不偏不倚,不轻不重,恰好在正上方造成一个小洞。走投无路的血液,从这里找到出口,一条红蛇窜出来，嘶嘶有声。只要这个专家不曾失手，血液会从小孔里先抽出一根细长的茎，再在顶端绽一朵半放的花。死囚在提供了最后最可观的景色之后，红肿消褪，眼球又缩进眼眶内。群犬一拥齐上，人们则向相反的方向走散，一面走，一面纷纷议论，称赞最后一击的手法干净利落。

三九支队的司令官是一个慈善和蔼的绅士，从来没有下过"栽人"的命令，他的部下闲谈时，总觉得在这方面未免太不如人。我当初到三九支队报到，一眼看见个面团团没有胡须的中年胖子坐在那儿，几乎以为是个儿孙满堂的祖母，一点也不像兵凶战危的指挥官。他卖地买枪，毁家救国，部下从没看见他发过脾气。

"慈不带兵，司令官早晚要开杀戒。"他的部下在向往杀戮流血的刺激时，总是这样判断。

司令官懂得很多事情：他懂得孔子和老子，年命和风水，把脉和看相，这几天，他很注意别人的脸，有人从他面前走过，他总要仔细端详几眼。

"你有什么地方不舒服吗？"他问中队长。

"啊，没有。"

有一天，他问大队长：

"你看,敌人会不会来摸我们?"

"这……这,怎么会?"他说话有点口吃。"现在到处有青纱帐,是敌人挨……打的时候。"大队长觉得奇怪:"团长怎么想到这……这个问题?"

司令官以前的名义是团长,大队长还是沿用老称呼,他惟恐自己一时口舌不灵,"司……司……"的怪难听。

"我看队上有几个人的气色很坏,好像大祸临头的样子。"他慢条斯理的说。

"哦!"大队长恍然,声音里有些不以为然。

"大兵之后,必有凶年,也许会有传染病。"司令官推演他的理论。"告诉他们,饮食小心。"

东,东,司令官用手杖敲墙。"娃娃"不在屋子里,我跑过去。

"娃娃又跑到哪里去了?"不等我编好谎言,他又追问一句:"他近来常常不在屋子里,干什么去了?"

我很难启齿,我不能告诉他,娃娃跟中队长到处游荡。

"你告诉他,他的相正要走霉运,教他处处小心自爱。"司令官好像知道一些什么。

娃娃哪里肯听这些话,这天夜里,他整夜没有回来。

夜不归营是一件大事,第二天引起整上午的议论,而且,大家发现中队长也不见了。

这两个人,经常联手去做别人不敢做的事,半夜出出入入习以为常,可是,吃午饭的时候还不见影儿就教人觉得可怕。如果从此不能回来,外面的风险可怕;如果下午回来了,内部的纪律可怕。

到处都是青纱帐。青纱帐这玩艺儿,固然给你一些安全感,同时也使你心惊肉跳,对外面的世界兴起阵阵猜疑。它是一件紧身马甲,贴在身上,保护你,也使你呼吸困难。

尤其到了夜间,黑森林一样的高粱地就是一座大陷阱。就算要做亡命之徒,也犯不着半夜三更到迷魂阵里去探险啊!

他们不是傻子,不会那样做。

也许,这两个人逃走了,脱离了三九支队,不再回来。

到哪里去了呢?

去投鬼子啊!

投鬼子有什么好处？

玩女人方便啊！那是两只吃屎的狗，当然要进厕所。

人多，什么样的意见都有人提得出来。中队长和娃娃都跟司令官有几代的关系，多数人判断他们不会背叛。

他们恐怕被别的游击队抓起来了。中队长拖着大瘤子，跑不快；娃娃带着枪，跑不掉。说起来，大家都是抗日武力，这样会伤和气，可是娃娃随身带着那么好的一支枪，任何一个懂枪的人见了都会眼红。

那是一把德国造的自来得手枪，一次可以连发二十粒子弹，还是新枪，枪身闪着蓝色的光泽，枪口只吞得下半个子弹头。两百发子弹粒粒一尘不染，每一粒都上过天平，重量相等，连发时从不哑火，从不故障。枪声特别清脆，教人听了心痒忘死。这把枪是稀有的宝贝，司令官说要是丢了它，等于丢了半条命。

娃娃会回来，可是枪不会跟他一块儿回来。这一派意见占了上风。

失枪的娃娃，还敢不敢回来？

我躺在床上想娃娃的相貌，想来想去，一副讨人欢喜的天真模样。司令官说他走霉运,我一点也看不出来。

隔壁司令官那儿突然有人嚎啕大哭,我吓了一跳,我得跑去看看。

一个人跪在司令官脚前,浑身泥污,哭得两肩耸动。谁说司令官不会发脾气?他猛拍桌子大骂"混蛋",一脚把那人踢翻在地上。

他是娃娃!

司令官气呼呼的站起来,吓得我缩回自己的屋子,耳朵贴在墙上偷听。

娃娃狼狈的回来,被许多人看见了,我的小屋里挤满了来"听"热闹的人。

"到底是怎么一回事,你老——老实——实讲出来。"大队长的声音加入。"对团……长讲话,不要隐瞒。"

一种混合着悲痛和恐怖的叫喊震撼了所有的人:"中队长教人家栽了!"

片刻,隔壁没有声音。我相信司令官和大队长的脸色都惨白。

"谁干的?"司令官的声音变了调。

"四四支队。"

"我跟他们井水不犯河水,怎么会?"

"中队长带我到前村去,跟他们撞上了。我们不知道那里有四四支队的人。"

"这么说,四四支队向我们这边儿扩充了?"这句话好像是对大队长说的。然后,"你们到前村去干什么?"

娃娃又哭起来。司令官用手杖抽他,手杖清晰的折断了,半截掉在地上。

"你不要怕,"大队长说。"你要一五一十详详细细告诉团长,到底发生了什么事。团长知道了,好决定怎么应付。应付情况是大事,打你是小事。"在这紧要关头,中队长的舌头忽然不打结了,他说得很慢,很吃力,但是听起来很诚恳。上面几句话隐隐规劝司令官,好像立时发生了作用。"你说实话,可以将功折罪。你要是欺骗团长,那反而……反而……害了大家。"

司令官沉默了一下,把场面交给大队长继续处理,自己在一旁静听。

我们该死。中队长看见有个新娘子骑着小毛驴进了前村,细腰在驴背上一扭一扭挺好看。他对我说:"上!"该死!我糊里糊涂跟上去了。

进了小媳妇的家,中队长觉得什么地方不对劲儿,伸手说:"枪给我。"我倒不觉得怎么样,他说有人堵住了大门。他向大门口打了一梭子,带着我翻后墙。我上了墙顶一看,不得了,房子四周都是人头。我俩没命的跑,要命的是,后墙外面是一片树林,没有高粱,想逃没那么容易。中队长说:"我们分开,你奔东,我往西。"话没说完,他又打了一梭子。

他拿着枪,丢下我,逃走了。我没有办法,爬到一棵大树上躲起来。他们在树下经过,没抬起头来看。我想:没事了,躲到天黑,溜下树来,往青纱帐里一钻,再摸路回队吧。

谁知道,顿把饭的功夫,他们又回到树林里来,手里牵着一个五花大绑的人。我一眼就认出来,中队长落在他们手里了,老远看见他脸上一个大瘤子晃来晃去。

那么多的树,偏偏拣上我藏身的这一棵。他们把中队长拴在树上,教他挖坑。

我看得清清楚楚,他一下一下挖得好快……

娃娃又嚎啕大哭。

大队长很有耐心的问:"你究竟看清楚了没有?中队长也许还没死。"

"死了!死了!填土以后,他的瘤子胀得好大好大,好像他有两个头,第二个头比第一个头还大。最后那一锤,没有敲在正当中,血是斜着喷出来的,喷在树干上。我从树上爬下来的时候,染在我的衣服上。"

大队长默然。既然喷过血是一定活不成了。

司令官吼起来。

"四四支队岂有此理!大家都在抗战,他们这样不讲交情!咱们一报还一报:大队长,你去抓四四队一个人来!要快!"

大队长派出两支人马,一支去找中队长的尸首,一支"摸"进前村,架回来四四支队一个队员。这人正在农家教孩子们唱歌,冷不防背后有人掐住他的脖子。

别看游击队因陋就简,一间囚室是少不了的。囚室的条件是高而有梁,可以把犯人吊起来。司令官说:"吊他一夜,明天裁掉,不必带来见我。"

好极了!司令官要裁人了,大家有热闹看了。刹那间,众人脸上泛起兴奋的颜色。这里那里,人成撮成堆,谈论他以前听到的或见到的裁人场面,指手画脚,口沫横飞。

问题是,由谁来执行呢?

大队长,司令官的意思是。

大队长立时口吃得厉害。"团……长!我家几代……代……代……都是种田的,栽……树栽……花栽……庄稼,从来没没没栽过人。"

"现在你是抗战的大队长,"司令官说。"卖什么,吆喝什么。唱什么戏,演什么角儿,到了该栽人的时候,就栽。"

"团长!我我的心心没那么狠——,手没没有那那么——辣,我怕伤……伤……伤德啊!"

"你这是什么话!人家无缘无故栽了咱们一个人,这个仇不报,三九支队就从此没气了。你身为大队长,应该身先士卒!"

"团长,我实在做不来,"大队长的声音痛苦之至。

"您就免免免……了我这个大……队长吧!"

"废话!没出息!"司令官想了一想,"这样吧!我不难为你。你去找行刑的人,叫他们自告奋勇,谁愿意干,我有赏,每人十块大头。"

大队长千恩万谢。

赏格悬出来,没人应征。

队上有个赌博输急了的人,想赚这笔钱。赢家把他拉到僻静地方,狠狠数落了一顿。"栽人这玩艺儿,看看热闹挺不错,要是咱们下了手,以后怎么做人?算了,那笔赌账咱们一笔勾销,你我两不欠,你犯不着为这个跳墙。"

司令官左等右等,等得不耐烦,我听见他捶着桌子叹气。

"咱们三九支队没有人!人家办得到的,咱们办不到。三九支队这样混下去,还能成什么气候?"

大队长唯唯。

"我要是年轻十岁,一定亲手埋了他!"司令官声中带恨。

大队长又唯唯。

然后,良久,寂然无声。大概是相对无言吧!

我们跟吊人的屋子叫拘留所。

拘留所的门没有上锁,一推就推开了,大家相信吊在梁下的囚犯跑不了。

一股刺鼻的腥臭扑面而来。我知道,拘留所里没有马桶,囚犯整天和他的便溺在一起。

拘留所没有窗子,屋内一片黑。推开门之后,近门的区域才有光亮。那吊着的人,像荡秋千一样从光亮里飘过,又在昏黑里变得模糊。

我的来意是想打听这个属于四四支队的人认识李兴吗?李兴现在怎样了,李兴虽然只在我家待过一晚,我一直把他当做朋友,听见"四四"这个数目字,就要想起他。

"李兴,我也参加抗战了。"我希望他直接、间接能听到这句话。

从走进三九支队的那天起,我在想像中一直跟李兴手拉着手。

我是带我的马枪来的,我想,囚犯一定很凶横,得有一件可以压住他的东西。

我没见过吊起来的人。这人身体悬空,脚尖点地,可是高度恰恰使他无法站稳。为了减轻悬吊的痛苦,他竖起脚面,拉直身子,希望用脚尖承担体重,可是,脚尖轻轻的在地上点一下,反而把身体荡开了。

他必须忍受,等下一个机会,等绳索垂直、脚尖离地面最近的时候。

然后又是飘荡,划着弧形飘荡。

一夜飘荡,他画了一夜的圆圈儿。难以忍受的痛苦,使他一次又一次排出大便、小便。便溺落在他荡过的轨道上,画出一个肮脏而残酷的圆周来。

没有想到是这幅景象,我吓了一跳。

然后,我简直吓坏了,当他再荡过来的时候,我看清楚了,他就是李兴!

"李兴!李兴!"我喊,他睁开眼睛。不错,正是他!

我放下枪,抱住他,忘了肮脏。

"你去找一块砖头来。"他呻吟着说。

我拿一块砖头放在他的脚底下,他停止飘荡,身体也不再拉得那么长。

我激动得头昏,动手解绳子,看见他的腕部被绳索磨擦得露出血来,心里一阵酸楚。

绳子解开,他倒下来,躺在他自己的粪便上喘息,骨碌着逐渐恢复神采的大眼睛。

他曾经滚动着这双眼睛告诉我许多话。他曾经用低诉的语气,叙说抗战带给他的兴奋。他曾经提到,他有一个茹苦含辛的母亲。他的家庭是一缕将熄的余烬,而他是惟一在风中闪耀的火星。

现在,我们要活埋他!

"李大哥,怎么办啊!"我很着急。

他坐起来。"没什么,这是误会。"

"误会?"我不大明白他的意思。

他站起来。"带我去见司令官。"

"可是,你身上这样脏?……"

"先找水洗一洗。"

那得有很多很多水才行。村外有一条小溪,可以洗他,加上他的衣服。

"你能走吗?"

"我能!"说着,他挣扎着出门,我觉得他需要一根拐杖,就把马枪交给他拄着。

·碎琉璃·

溪水可爱，里面有树的影子，云的影子，还有高粱的影子。

村子里面一切都是旧的，连儿童都像是破旧的玩偶。可是村子外面，植物、溪水，都焕然一新。

李兴跳进水里，脱他的衣服，露出日渐隆起的肌肉，露出紫色的红色的伤痕。水弄痛了他，扭曲了他的脸孔。

"李大哥，别这样好不好？"我坐在大石上看他。

"我怎么啦？"

"你咬牙切齿的样子。"

"我倒不觉得。"

他先揉洗衣服，后擦身体。

"李大哥，伯母好吗？"

"你说谁？"他愕然。

"伯母，"看样子，我还得再加一句："你的母亲。"

"啊，现在哪有功夫管她。"

惟一的话题断了，只好沉默。

他从水里出来，需要我帮忙拧掉衣服上的水。我们分别握住衣服的两端，用力旋转，——不敢太用力，怕衣服的质料禁不起。湿衣冷冷的，但是我觉得我们又恢复了联系。

他慢慢把湿衣穿好,拧着他的脸孔忍痛。

我非常同情的望着他,心里想着怎样安慰他,怎样帮助他,一时想不出头绪来。冷不防他一转身抓起靠在大石旁边的马枪,哗喇一声,子弹上膛。

枪口对准我,仇恨的眼睛也对准我,我看见三个危险的洞,深入我的骨髓。

"为什么?我们是朋友。"我说。

"你们是我的敌人。"他像水一样冷,比水坚硬。

"不对,我是你的朋友。"我强调。

"你是敌人的朋友,敌人的朋友也是敌人。"

我还能说什么?呆呆的望着他退入青纱帐中,隐没了。

我栽在溪边,寸步难移,恨不得化成一棵树。

一时之间,我非常非常想念李兴,从前的李兴,那天夜间躺在我家的李兴。

天才新闻

"天地是一个瓮,我们在瓮底,敌人在瓮口。"第一个说这句话的人是天才,第二个以至第无数个说这句话的人是忧国忧时闷闷不乐的人。

可不是?尽管天地之大,游击队任意纵横,可是人心总有些闷得慌,不知道抗战的局势到底怎样了。

战争,当机关枪声像大年夜的爆竹一样响着的时候,你确实置身其中。后来,枪声隐没,你还可以从伤兵、难民、商旅身上嗅到战火的气味。可是再过两年,第一线在一个省又一个省外,在一座山又一座山外,战争在你心目中就显得难以想像的渺茫了。

尽管云淡风轻,你总觉得有一种沉重压在心头,有一股什么暗中进行,它日益逼近,搅乱你的宁静。

哪一天胜利?

好日子什么时候会来?……

这些强烈的念头藏在心里,说不出来。能够说的,是半隐半现的一句话:

"有什么新闻?"两人见面,总有一个要这样问。

正在割草的农夫,想到这里,突然心头一紧,镰刀在草根上停住了。

正在刺绣的大姑娘,想到这里,突然指头一软,针尖在鸳鸯的翅膀上停住了。

看书的人,想到这里,突然眼底一阵模糊,指头按在断句的地方停住了。

饮酒的人,想到这里,突然血管发热,筷子指着肉块,停住了。

人们,不知什么时候会突然想到那个既令人兴奋又令人哀愁的问题,暂时忘掉此外的一切。

要是同一天,同一时刻,那个强烈的意念一齐涌上每个人的心头,那会有一个静止的世界。在几秒钟之内,人人雕成塑成一般固定在那儿。甚至风息、蝉哑、鸟坠、云凝。

要是那样,好日子钉死在天外,也永不会来。

· 碎琉璃·

所以,几秒钟以后,斧头还是要劈下去,火焰还是要点燃,种子还是种下去,长出苗来。这样,人们就会觉得好日子也一寸寸移近。

等呀,等呀,等。

实在等得心焦,有教养的人就在家里打孩子的屁股,那些粗鄙无文的,就反复的唱他们的小调:

青山在,绿水在,冤家不在。
风常来,雨常来,情人不来。
灾不害,病不害,相思常害。
我,倚定着门儿。
　手托着腮儿,
　　想我的人儿,
泪珠儿汪汪滴满了东洋海!

然后,见到从城里来的人,从小酒馆里来的人,"赶集"买东西回来的人,必定要问:"有什么新闻?"

有一个老头儿,半夜捶床大哭,合家惊醒,环立床侧。

"不得了!"老头儿说。"我梦见中央军打败了!"

那时,人们相信梦境是神灵的预言,对这个伤心惊恐的老人,都有些手足无措。倒是他的老伴儿有个主意,安慰他:"不要紧,梦死得生,你梦见中央军打败了,那一定是中央军打胜了。"

全家附和,老翁渐渐镇静下来,再度睡去。

黎明,老翁又嚎啕起来,他嚷着:

"不得了,不得了,我又做了一个梦,梦见中央军打胜了!"

那年代,我见过一个教书先生,衔着长长的旱烟袋,一本正经告诉他的邻居:

"我们这一辈为人,脖子一定特别长。"

"为什么?"

"天天伸着脖子盼望胜利,把脖子拉长了呀!"

高粱开始收割,大地像刚刚剃过几刀的头颅一样难看,而我们游击队则感觉什么人在剥我们的衣服,剥下一件又一件,直到赤裸暴露。

日本的骑兵，汽车车队，又常常在公路上出现，他们还是很小心，从不踏上支线小路。

有一个农夫，弯着腰在田里工作，没有发觉一小队黄呢军服黑皮靴的人马在公路上流动。空气里有撕裂的声音，子弹击中他的前胸。

他的儿子在旁边另一块田里工作，抬头看见父亲的身体摇摆扭动，舞着手臂想从空气里捏住自己的生命，就丢下农具，跑过来扶持。凄厉尖锐的声音又响了一次，年轻的农夫在中途应声而倒。

这是今年砍倒青纱帐后由敌人造成的第一件血案，在这个最需要新闻的社会里，一件最不需要的新闻立即传遍。

中队长死了，没有人训练我。我又丢了枪，换来大队长一双白眼。我感到日长似岁的寂寞。

写点什么可以打发时间。我本来是喜欢写点什么的。

每隔五天，十里以外的旷野里出现大规模的临时市场，活动摊贩和顾客从四乡麇集而来，非常热闹。我去买了几张八开的白报纸，仿照报纸编排的方式，把两个农夫惨死的新闻做成一个"头条"。

我曾是上海新闻报的小读者,对"版面"略有认识,"头条"之外,加上一个"边栏"。我在边栏里提出一个问题:敌兵在一里以外举枪射击,弹无虚发,而且一律击中前胸要害,为什么这样准确?怎样训练得来?我们游击健儿可有这样良好的枪法?怎样加紧赶上?

头条和边栏之外,版面上还有一大片空白。我兴致勃勃的往里面填字:

我说,高粱已经收割了,根据往年的经验,鬼子又要清乡扫荡。

我说,敌人正从附近各城抽调兵力,准备大举进攻,而我们各游击部队也要联合起来,予以迎头痛击。

我指出,敌人散布的口头禅:"游击游击,游而不击",实在是游击武力的耻辱。因此各游击部队的首长一块儿开会,决心要给敌人一点颜色看看。

我们在学校里的时候,跟手抄本叫做"肉版"。我把这张肉版的报纸贴在床头,心里十分得意。

队友纷纷到我的小屋里来"看报",惊动了大队长。

大队长没收了我的"报纸",用他细长坚硬的指头戳我的额角,大吼:"啊你,啊你,啊你,不知死活!"吼一句,戳一下。

在那样狭小的屋子里,我简直无从躲闪。

我希望马上弄清楚错在哪里,可是我愈急,他愈说不出来。

良久,我懂了,他的意思是,如果敌人来到这个村子,如果他们发现了我鬼画的玩艺儿,他们就会一把火把村子烧得干干净净。那样,就是我害了全村的人。

我实在没想到,我会是这样一个嫌疑犯。

大队长去后,司令官召唤我,手里拿着我的"罪状",大队长坐在他旁边。不用说,大队长进一步检举了我。

对于我,大队长装做没有看见的样子,司令官的眼神却非常柔和,以致显得他比平时更胖,脸孔更圆。他说:"你很有才气!"

他指示我坐在身旁。意外的责骂后紧接着是意外的奖勉,令我一时难以适应。

司令官的声音很诚恳,他说:"你是个拿笔的人,拿笔的人不一定要拿枪。你拿笔比拿枪好。以后,你干脆拿笔。"

我不明白这是什么意思。他又说:

"我们需要这样一份报纸,你来编,大队长来监督。"

大队长哼了一声,用他的白眼狠狠瞪了我一下,起身走出室外。我第一次发觉他的腮上虽然没有挂着瘤子,他的嘴角却也斜向一边,跟生瘤的中队长一模一样。

由于中队长已经死了,大队长的这个表情,使我打了一个寒噤。

司令官不管这些,他用心批评我的报纸。他说:"新闻写得很好。你提出枪法训练的问题,也很有意思。你还可以多写一点,你可以写,日本军队训练枪法,是用从中国偷去的计画和方法。中央正规军的枪法比日本兵的枪法更高。在战场上,日本兵伏在地上,国军可以开枪打中他们的眼睛。近来,在战场上阵亡的日兵,大部分是左眼中弹,贯穿头颅。"

我说,我不知道这件事。

他说:"你可以想,你有天才。我们用天才抗战,当然也可以用天才编报。"

然后,他指着各游击队可能联合作战的一段:"你不要这样写,不能把谣言造到我的身上来。"他轻轻的叹一口气:"游击武力人多势众,毛病就在不能团结。你说要联合作战，也没有人相信。但愿我们作战的时候没有人在后面扯腿，就很不错了！"

他拿出一块"大头"来，放在桌上，说："这是我发给你的奖金。"再拿出两块"大头"来："用这两块钱去买油印机，买油墨，买纸。我另外给你找一间房子，做你编报印报的地方。我们的报就叫'新闻'，这个名字响亮得很。"

新闻，新闻，我到哪儿去找新闻呢？

连做梦都是找新闻。我梦见在前线采访，枪声像收报机一样响着，轰隆一声炮弹在我胯下爆炸，我随着泥土硝烟冲上云霄，跟我军的一架轰炸机擦身相遇，驾驶员伸出粗大的胳膊来，一下子把我拖进机舱。

我梦见在一个什么地方看见成堆的文件，成堆的新闻，每一个字都是新闻，匆匆阅读，匆匆醒来，什么也不记得。

我梦见……

这些，都不能写。

写新闻，是写别人的梦，不是写自己的梦。

我去找"参谋长"。

十里外的小镇上有一个人，在国军里面做过参谋，"参谋长"是他的绰号。

到小镇去的路愈走愈宽，牛车和挑担的客旅愈多。抗战第二年，千里而来的"参谋长"跟着他的部队在这条路上走来走去，他家里的人却不知道离家多年的游子如今近在咫尺。

事后，大家知道这件事，谈论了一阵子。司令官那时候做乡长，他说："从前读书，读到大禹三过其门而不入，总不相信，现在看起来，半点也不假！"他对这个青年人很有好感。

到了镇上，我找一家没有名称的杂货店。战争把"参谋长"弄成瘫子。他躺在尸堆里，他的部队以为他死了，没有找他，敌人也以为他死了，没有再用刺刀戳他。他自己知道他还活着，还得活下去，也知道老家就在战场边缘。远远的从敞开的店门里面，我看见他。他坐着，据守一张帐桌。 就这样，他整天坐在帐桌后面，看三国演义、七侠五义,有人进门,他头也不抬,口里说:"要买什么,自己拿。"他经营的是此地独一无二的"自己拿"的商店。

看起来,他的精神很好。不过他从死神手中脱身时可不同,浑身是血,战友的血和敌人的血,血把他的头发结成一顶难看的帽子,血浸透了衣服,凝固了,前襟后背不见布料,只见两大片血块。他到哪里,哪里卷起一股腥风,人未见,苍蝇先到,人去后,成团的苍蝇还在腥空气里打转儿。

乡下有一种搬运堆肥的箩筐。好心人把他放在箩筐里,抬着送回来。他估量自己家境穷困,没法养活一个废人,就央告好心人一径送到乡长的大门口。乡长,也就是现在的司令官,派人把他收拾得干干净净,给他资本,教他做小生意。

看见我,放下书,亲热得很。我是三九支队的人,这是他感激司令官的表示。

"参谋长,生意好?"

"还不错。我做的是独门生意,这里没人好意思再开第二家。——你吸烟?"

"不。"

"不吸烟的客人难招待。喜欢吃什么？自己拿。"

我什么也不吃。我说："我来找新闻。"

"很多人来向我打听新闻。我只有一句话：鬼子侵略中国一定失败。我怎么知道的？老天爷告诉我的。这是天理。"

我提出在路上想好了的问题：

"中央军离我们究竟有多远？"

"最近的距离不过五百里。"

五百里！我吓了一跳。五百里还是远在天边！

"他们什么时候回来？"

"急什么！你还这么年轻！先吃一把花生，再带一包瓜子回去，三九支队的人来了，不吃不拿，是瞧不起我！"

五天一次的临时市场是搜集新闻的好地方，人们在那里交换货物，也交换消息。

市场的中心区挤满了人，人们怀着不同的动机挤成一团，买东西、散步、看热闹，或者偷窃。有人牵了一头驴子通过这个地区，回头一看手里只剩下半截缰绳，偷驴贼在人丛中把缰绳割断,牵走驴子,却让他的助手握住绳子,维持曳引的拉力,就像仍然有一匹牲口跟在后面一样。等真正的驴子走远了,人样的牲畜突然放手,一件天衣无缝的窃案就完成了。

市场的外缘,有说书的、治病的、卖酒卖饭的、玩魔术的、练把式的,各人选择有利的地形,招徕一群观众,聚成一个一个卫星。

我从人隙中挤进挤出,想找一点新鲜东西。

有一个人,站在凳子上,手里捧着一张报纸,念念有词,一群听众围在凳前,仰脸看他。

原来,这个人在报告新闻!

他说,国军已经奉到进攻的命令,开始向我们这儿推进,每天七十里。

我的血沸腾起来。每天七十里!一个星期以后,不是就来到了吗?"参谋长"说过,他们离这里五百里。

一个头发半白的太太叫起来:

"有没有九十二军?我的儿子在九十二军。"

那人不慌不忙反问:"打鬼子,三个军五个军就够了,还用得着九十二军?"

两句话，引得做母亲的擦不完她的热泪。

那人戴一顶旧呢帽，留着小胡子，短小的身材穿一件短小的破西装，站在高处，看来像个侏儒。但是人人相信他的话，在听众眼中，他的形象高大。

我竖起脚尖，想仔细看一看他手中的报纸。一点也不错，那是一张报纸，但是我一个字也看不清楚，报纸在他手中折成一本书那么小，捧在空中，一个人独自享用。

听众愈围愈多，他扫视全场小心翼翼的把报纸装进胸前的口袋里，跳下凳子，摘下呢帽，把帽子反过来，走近众人。

大家知道他要收钱，三三两两离开，散去一半。停在原地不走的人摸索口袋，准备给他一点报酬。

我没有朝帽子里丢钱，我也没走。

收完了钱，他坐在凳子上吸烟，人群散尽，只剩下我。

"你的报纸借给我看看。"我走近他。

"这是我吃饭的玩艺儿，你不能看。"他很傲慢。

我取出一个"大头"，大模大样的往他怀里一丢。

"买你的！"

他伸手接住，翻来覆去的看，表情不变，好像预先知道我拿出来的是一块镀银的铅饼。等到他把银元平放在指尖上、用烟嘴轻轻的敲了两下、倾耳细听之后,这才敏捷的把钱装进袋中,站起来,凌厉的看我。

"小兄弟,还有没有?"

"没有了。"

他不信,抓住我的臂膀,揉得我一身皱纹,那样子一半像开玩笑,一半像抢劫。

他没有找到什么,仍然抓住我,抓得我很痛。

这时候,一个人走过来,一个穿长衫的人,他也戴着呢帽,一顶新帽子,他手里也捏着烟嘴,发亮的烟嘴。他悠闲得像个来散步的人,我不认识他,他似乎认识我。

"喂,"他指一指那个抓住我的家伙。"你瞎了吗?他是三九支队的人。"

那家伙立刻松了手,从眼神里流露出怀疑和轻蔑:"他?这么一个半大不小的孩子!"

"我看你是不想在这块地面上混下去了!"声音里有更大的轻蔑。

那家伙连忙取出银元,塞进我的口袋,用双手连连推我:"小兄弟,你该回去了,快点走吧!"

我倔强的反抗，不肯离开。

"好，好，连这个也给你。"他再把报纸塞在我的手里。

我握紧报纸，忘了向打抱不平的人道谢，转身快跑，好像那是我偷来的东西。

火热的兴奋以后，失望的滋味特别难受。我弄到的，是在北平的敌伪政权出版的机关报，上面哪里有"新闻"！

受到这番悲惨的捉弄，我羞愤极了。

不，未必是捉弄，那人站在高凳上宣读的，分明就是这张报纸。

我的眼睛一直没有离开这张报纸，我盯住那人的手、把它装进靠近左胸的口袋，又眼睁睁看见他从那个地方取出来。我虽然没有看清上面的文字，却熟悉它的纸质、色泽、折痕。没有错，我们争夺的就是这张东西。

敌伪的喉舌，怎么会响起抗敌的号角？

我反复看这张报纸，终于找出其中的秘密。上面有一条消息说，日本军队在前线进展迅速，一天可以推进七十里。那个以报告新闻为职业的人，故意把主体和客体调换过来。

既然敌伪办这种报纸的宗旨就在颠倒黑白,我们何妨根据它的记载予以还原?它说日本的空军炸毁了国军的一座军火库,大火三日不熄,我就干脆把一笔同样的战果记在中国空军的头上吧!

那天,我是唱着跳着回队的,我一下子找到了满版的新闻。

"新闻"出版以后,附近友军纷纷要求赠阅参考,司令官觉得很有面子,连大队长也开始对我露出笑容。

我突然觉得自己重要起来,但是不久,我知道想看大队长的笑脸得付更高的代价。

大队长来到我的办公室,这次他绷紧了面孔。他说:"明天,我派你进城。明天夜里,你把这玩艺儿贴在维持会大门口的布告栏里。"他指一指"新闻"。

我被这个意外的重责大任吓了一跳,想说什么,噎在喉咙里吐不出来,想问什么,又千头万绪无从问起。

大队长好像很欣赏我受惊的样子,从他上翘的嘴角露出半排白牙。他走了,白牙的影子留下来,在我眼前忽大忽小,忽隐忽现。

维持会跟日本警备队队部守望相助,两家大门隔着一片广场遥遥呼应。日本警备队又在自己的大门上面加造一座居高临下的碉楼,枪眼昼夜睁大,监视全场。入夜,碉楼上面不但架着探照灯,广场里也有狼狗巡逡。到这种地方贴新闻?那不是玩儿命?

大队长一定没有把他的鬼主意报告司令官!

我可以到司令官那儿去,央告他:"取消这个任务吧!或者,另派别的人去吧!"

这样一来,我虽然可以在司令部睡太平觉,可是大队长从此更把我瞧扁了!三九支队人人看不起我,包括司令官。

我已经丢过一次人了,还能再有第二次吗?

不能!不能再有第二次。我得把第一次输掉的扳回来。

整夜失眠,翻来覆去咀嚼什么人留下的一句话:

伟大与舒适,二者不可得兼。

责任和荣誉的压力，竟是这般滋味！这一夜，我好想家！

进城，难不倒我。古城是我生长的地方，每一条街巷，每一个人，我都熟悉。

可是，自从日本军队进驻古城以来，我已三年不曾来过。旧地重临，竟充满了陌生的感觉。

这是因为，我贴身带着一纸爱国的文件，来到一个爱国就是犯罪的地方。

黄昏入城，朝着广场察看形势。在我的记忆中，这是一块巨幅的画布，上面画着蓬松摇曳的老柳，嬉笑的儿童，马的蹄印，车的辙痕，周边镶着浅浅的小草，蜻蜓或燕子飘去，成群麻雀落下来。现在，这一切都从画布上抹掉了，剩下的只是一片空白。敌人把广场整修得非常干净，干净得像那贼亮的马靴和冷冷的刺刀一样单调无味。

维持会的大门和招牌也都油漆一新，门外不远的地方，果然有一个布告栏，跟日本警备队的招牌遥遥相对。"报纸"在我胸前发烫，像一块热铁。我能做什么呢？维持会的卫兵也许好对付，日本兵的碉楼却在我头上！整个广场不啻是一览无余的金鱼缸！

日本兵自己建造碉楼，控制广场，却不许维持会也造一个！夕阳撤出了所有的屋顶，最后十分固执的指着那座碉楼，不肯抽手，看得我心里发毛。

面对广场，因回忆童年而引起的温柔慢慢消褪，泛起了怒和恨。这片平地，成了敌人的靶场，将来不知道有多少抗战志士要断送在这里！

冷不防一只怪手抓住我的后领，向上提我，弄得我脚不沾地。

紧接着，一只怪手捂住我的嘴。

就这样，让人家像提小鸡儿小狗儿似的，拖着走进巷子，走进屋子。

怪手松开，我回头一看，一张又方又大的麻脸，原来是我家的佃户老魏。

我早该判断是他，他的手臂长满了又黑又粗的汗毛。

"你想死啊！"老魏对我很不客气。

"打游击还能怕死？"我不甘示弱。

"小声点！"他呵斥我。"你也进了游击队？"他抱着研究的态度。

我忘了老魏不识字,掏出那张"报纸",往他手上一摔。

"这是什么!"老魏不识字,他怕一切白纸黑字,知道文字常常是惹祸的根苗。他说:"快烧掉!"

"不能烧。我专为它进城来的,今天夜里,我要把它贴在布告牌上。"我朝维持会的方向指了一下。

"有种!"这一回,老魏真心称赞。"可是不值得。你贴在别的地方,还有人看见,贴在鬼子眼皮底下,完全白费心机。我从没有看见一个人到布告牌下面来过。大家连走路都绕个弯儿躲着这里,谁敢来看你贴的玩艺儿?你还是带回去吧!"

"不行。我丢不起这个人。"

"喝,你到底长大了。"老魏把我由头看到脚。"既然非贴不可,你把这玩艺儿交给我,我替你去贴上。"

"你不怕?"

"我当然也怕,可是我有办法。我交给维持会夜班的卫兵,教他替我贴好。"

"他不怕?"

"怕什么? 大家身在曹营心在汉!"老魏很自负,脸上的麻点熠熠生光。

凭良心说,我没听懂老魏在说什么,可是我知道他可靠。

我亲切的望着他的麻脸,回想小时候,被他用粗壮多毛的手臂举在头顶上看花灯,回家的路上,我的手从他的臂弯儿挣出来,数他脸上有多少麻点,数不清楚。

第二天,是三九支队的大日子。据说,有一个人从重庆来,跟司令官见了面。据说,他穿长衫、皮鞋,留小平头,手里拿着蒋委员长写的一本书,一本又厚又大的书。

人人小心翼翼的谈论,可是谁也不知道那人究竟藏在哪里。人人希望看见他,希望听他讲话,希望摸一摸他时刻拿在手上的那本书。这个人物的出现,使三九支队充满了骄傲和幻想。相形之下,维持会的布告牌上出现了我的报纸,根本是一件微不足道的小事了。

新闻!这个由重庆来的人,一定可以告诉我许多许多动人的消息,即使那些事情早成明日黄花,我们却从未听见过。对于我们,事实由发生到现在不管隔了几星期,几个月,只要第一次让我们知道,仍然是新闻。

我去找司令官。

"司令官,有从重庆来的客人?"

"不要胡思乱想,"司令官的呵责里带着高兴。"他不是从重庆来的,他从国军的最前线来,离这儿只有五百里。"

五百里!

"他手上有委员长写的一本书?"

"你简直没有常识。他怎么能拿着委员长写的书,彰明昭著通过封锁线?"司令官的心情好极了,他的"官腔",正是发泄快乐的一种方式。"他手上拿着一本圣经。他是化装成传教士到敌后来的。"

尽管事实比传闻打了许多折扣,那个神秘人物对我仍然有无比的吸引力。"我能见见他吗?"

"能!我跟他谈过你编的报纸。他这次来,要在我们和国军之间建立一条交通线。国军要直接指挥我们。后方的书刊,报纸,都有办法运来。以后,你不愁没有新闻了。"

上帝!我们总算熬到今天。

我怀着朝圣的心情去见他,爬上农家的小阁楼,他坐在窗口翻阅圣经,全身浴在令人倾倒令人信服的光芒里。

我恭敬的说,我希望从他那儿得到一些新闻。

"你为什么参加游击队?"他没有回答我的问题,却发出这样出人意表的反问,一口亲切的乡音。

"为了救国。"这是标准答案。

"抗战一定会胜利。你的年纪小,等到胜利那一天,正该年轻有为。那时候,你为国家做些什么?"

这一问,击中要害。我从来没有描绘过自己的远景,我最害怕听到的字眼儿就是"未来"。我常想,在这生命如同草芥的年代,最好能够有机会轰轰烈烈化成灰烬,省掉以后无穷的慌张麻烦。

那年代,我看不出自己有什么出路,从没有人告诉我们年轻人还可以有别的出路。我意识到惟一的出路就是"死"。

我也知道,外面有一个广大的世界。那是一个传闻中的世界,神话般的世界,没有什么办法跟我们的现实联系起来。有时候,苦闷极了,也向往极了,就写一封信,交给邮局,由他寄往河南南阳府前路八十八号的张慕飞,或者寄往云南昆明成功街一〇一号的陆苹,或者广州中山大学的胡子丹。然后,以绝望的心情等他们回信。

南阳,应该有个府前街吧。府前街,应该有个八十八号吧。八十八号也许住着姓张的人家。他收到了我的信是多么惊喜啊!

只要有人回信,只要有一个人回一封信,外面广大的不可测度的世界对我就有了意义。

等着等着,等到秋天,等来满院萧萧黄叶。

我忍住眼泪。

抑制了、蓄积了多年的泪水,竟对着这个远方来的陌生人,滴滴答答湿了一大片楼板。

"有什么难言之隐?"

我摇头。

"你的家庭?"

我用力的摇头。

"彷徨?苦闷?"

我想,大概他说得对。

"没有关系,在一个伟大的时代里,青年苦闷是很自然的现象。把眼泪擦掉,坐下,我有新闻给你。"

恍惚中,他低沉的声音就如从梦中传来:

"在我来的那个地方,政府设置了一座学校,专门收容教育由沦陷区逃出去的青年……

"学生到了那儿,有吃、有住、有书念,自己不要花一文钱……

"学生入学,手续非常简单,只要你能证明你是沦陷区青年,例如,你的良民证,甚至只要一张火车票。

学生到了那儿,受的是正统教育,是严格的文武合一的教育,是上马杀贼下马草檄的教育,是将来为国家做栋梁做主人翁的教育……

"河北、山东、安徽、江苏,都有爱国的青年冲过封锁线进入这座学校。其中有的女孩子,穿旗袍和长袜来了,一转眼换上草绿色的土布军服,换上草鞋……

"你应该到那儿去。到了那儿,你就再也不会苦闷。

"如果你愿意去,可以到县城南关的基督教会去找一位杨牧师……"

杨牧师?我认得他,他到我们家乡主持过布道大会,在我家住过几天,一脸皱纹,每一条都是诚实忠厚的表记。他的衣袖总比别人短一寸,以便配合他的勤劳。他曾经用他又厚又热的掌按在我的头顶上,说:"主啊,看顾你的小羊儿,引导他走该走的路!"

我该走的路,今天已经铺在我的脚前了吗?

我真的在做梦?

带走盈耳的耳语

司令官的脸色又青又黑。我送新闻稿给他看,他挥手令我退出,很不耐烦。

他算是一个胖子,一向喜坐不喜站。这一回,我看见他在四壁之间踱步。

我一步踏进屋门,先吓了一跳,司令官哪里去了?怎么有个不怀好意的陌生人站在里面?

马上我就明白,司令官还是司令官,他心情很坏,戴着一付面具向人。

司令官从来不曾这个样子,至少,我是第一次看见。

究竟发生了什么事情?

  耳语:上午,司令官到邻庄第二大队驻扎的地方去看副司令,走到庄子头上,一排柳树槐树皂荚树底下，有一群唱歌游戏的孩子。

孩子们不懂事，不认识司令官，也不明白自己究竟在唱什么，他们只知道唱着玩。可是，司令官听了那支歌，立刻停下脚步，手杖撞地，杖顶上的手微微颤抖。

——中央军，逃难的；

——三九支队，讨饭的；

——四四支队，抗战的！

孩子们唱了一遍又一遍。

"娃娃护兵"向前大喝一声："不许胡唱乱唱！谁教你们的？"一群小老鼠立刻逃散。"娃娃"对司令官说，孩子们唱错了，这个歌，他也会唱，本来的歌词是："四四支队，捣蛋的！"

司令官没有反应，依然跟他的手杖一块插在地上，他的手和那根手杖依然抖动。

大家猜，司令官要找几个屁股来打一顿，论年论命论风水，且看谁活该、谁倒楣。猜错了，司令官找木匠来不是做军棍，而是修房门。奇怪，铁打的营房流水的兵，修门干什么呢!

同样令人猜不到的是,司令官忽然差遣"娃娃"回家,——回"娃娃"的家也是回司令官的家,"娃娃"三代都是司令官家中的忠实佃户。"娃娃"虽是小人物,忽然离开司令官的身边却是一件大事,惹人注意。

副司令和其他两位大队长各有驻地,平素很少来找司令官,这时,也就是房门修好以后,他们成了座中的常客,有时个别来,有时一同来。来了,总是关好房门,两三个小时不见出来。新修的房门关得紧,闩得牢,风吹不透。副司令对弟兄们特别和气,见了面先打招呼,有时还到弟兄们住的地方看看,掏出整包三炮台香烟往大伙儿床上一丢。在游击区,不但这种名牌香烟是珍品,连空盒也有人拿去当宝贝。

耳语:副司令好像很开心的样子。当然啦,他说过,他生平的嗜好是"三打":打牌,打小老婆,打鬼子。现在,第三"打"快要打起来了。鬼子要出来扫荡了吗?可不是?还不是"敌来我走,敌退我追"?不,这次不同,司令官说了:游击战本来是敌大则游，敌小则击，这一次他发誓只"击"不"游"，来一个鱼死网破。他动这么大的肝火？肝火大得很呢，他派娃娃回家通知家里再卖二十亩好地，卖它千把块大头买军火。司令官卖过多少地了？不知道，你放心，他家田产很多，卖到抗战胜利也卖不完。司令官这个差使也不好干，有人说他是"讨饭的"，真冤枉，他哪里喝不到这么一碗地瓜汤？是呀，难怪他动肝火。我正在纳闷呢，怎么副司令忽然对咱们这么好，这个阔少从来不懂得体恤下人。别怪他，那是他年轻，现在当家知道柴米贵，打起仗来要靠大伙儿拼啊！你刚才提到"三打"，他有几个小老婆？大概三个。他不打大老婆？不打。他说，大老婆能休不能打，小老婆能打不能休。为什么小老婆不能休？因为，你如果把小老婆赶出门，她马上再去找一个丈夫，大老婆就不会。

听说要打仗，人人兴高采烈的擦枪，半新的被单都吃吃的撕碎了做擦枪布。擦完了枪擦子弹，大家相信子弹上没有锈，弹壳就不会卡在枪膛里退不下来，说不定因此可以救人一命，或者救自己一命。一面擦，一面哼着小调，分外活泼。

战争的气氛使人变大变浪漫。枪擦好了，战争还没有来，这些人在心理上已经先处于生死俄顷之间，变得心痒痒不拘小节，走起路来东倒西歪如醉。有一个队员经过农家的篱笆旁，惊起紧靠着篱笆伏在窝中的一只鸡。他从篱笆缝里伸进手去，抓住刚刚产下来的一枚蛋，在母鸡剧烈的抗议声中，先享受一下透心的温热，再把蛋的两端敲破，吸一口气送蛋白蛋黄滑下食道。最后，他坦然把空空的蛋壳还给那只大声喧闹的母鸡。

为了打发心痒手痒的日子，赌博。在赌命之前，赌钱。平时，聚赌的人要挨骂挨罚，这时禁令自然废弛，全村洋溢着近似过年的气氛。限制仍然有，外人不许入局，不过有一个人，他可以，他常常来三九支队走动，跟弟兄们有"抓一把"的权利。这人穿长衫，敞领扣，翻袖口，扎裤脚，手里捏着个发亮的烟嘴，全身整洁如新，脸上却布满霜痕尘痕。我看见他豪赌。我看见他赢钱。他两肘之间银元钞票堆得比骨牌还高。终局时，他把牌一推，也把钱一推，一只手取下口中的烟嘴儿，一手拍拍襟上的烟灰说:"这些钱,我请大家哥儿们吃红。"

这人好面熟,我在哪里见过这张脸,见过这只烟嘴。

对了,是他。我在集市里向一个走江湖的人买报纸,他替我解过围。

    耳语:你怎么不认识他?他是个大名人。不管维持会,游击队,不管什么牌照的游击队,他都追得去,出得来,大摇大摆。他卖军火,只要有人肯出价,他连日本造歪脖子轻机枪的零件都弄得到。有时候,他喊价高得离谱,那些司令,团长,见了他恨他,不见又想他。

    司令官找他来,要向他买军火,这批生意大概不小。他的货色很可靠,不使水,不掺糠。可是,以前他并不是这个样子。有一年,他把五百颗步枪子弹卖给四四支队,四四支队拿了十颗子弹去打靶,有五颗哑火。他们司令官气坏了,把这个军火贩子绑起来,下令枪毙。他大声呼喊:冤枉啊冤枉。那个司令官教人把四百九十颗子弹倒在他脚前,对他说:"这是你卖给我的东西,你自己拣一颗受用吧!"

情势如此,只有照办。刽子手用这颗子弹上膛,瞄准,扣扳机,火药失灵,鸦雀无声。那个司令官问他:"你冤不冤?"他扑通跪倒,连连说:"不冤,不冤!"险哪,这条命侥幸保住。自从得到那次教训以后,他经手的每一颗子弹都亲手验看,颗颗有效。他看子弹好不好,就像我们看鸡蛋新鲜不新鲜,十拿十稳,从不走眼。

一辆牛车,载满明亮的麦秆,慢吞吞向支队部走近。路不平,车身震动,把整车麦秆震成一堆软体动物。

卫兵喝问:"哪儿来的!停车检查!"堆得很高的麦秆上面露出一张瘦削而坚忍的脸。"哥儿们,放一马,这是我的座车!"

"参谋长!"卫兵收了枪,敬个礼。"你可难得出门啊!"一面问候,一面用眼光探射他的腿部,他的下半身陷在麦秆堆里,看不见。

牛车进了村子,停住,弟兄们攀车把"参谋长"架下来,放进预先准备的一张椅子里,抬着走。瘫痪以后,两条腿变细了,教人看了好难过。

我目送他进入司令官的屋子。

门关了,关得紧紧的。

司令官留他吃午饭,关着门吃。

饭后,两名大汉把他抬出来,送上巅巍巍的麦杆堆。司令官亲自送到车旁。牛车慢吞吞渐行渐远,他像个在泡沫里游泳的人一样向我们挥手。

第二天,下午,疲惫的牛,拖着一车羽毛零落的麦杆,又把"参谋长"载回来。下车后第一件事,司令官吩咐烧热水,请他洗澡。

不久,副司令也来了。自然,房门关得很紧。

晚上,司令官的房门打开,传话下来,向我要笔要纸。接着说,八裁的白报纸幅面太小,吩咐一张一张用浆糊黏贴,连成桌面大的一张。然后又表示从我这儿拿去的钢笔不合用,需要毛笔。

然后,门内寂然。入夜,只见窗棂纸上人影不断晃动。

这可不像一件寻常的事情。

  耳语:不错,他是个残废人。可是人家中央军校毕业,在正规军的师部里当过参谋,见过世面,懂得兵法,可不简单。司令官不是说吗,孙膑的两条腿也残废,谁能因此小看了孙膑?

司令官真的拿他当了"参谋长",请他出谋定计打一场硬仗。司令官有三不打:第一,不跟敌人的骑兵打,骑兵六条腿,咱们两条腿挡不住。第二,不在公路沿线打,公路可以跑汽车,敌人增援太方便。第三,不在村子里面打,不守村庄,也不攻村庄,免得敌人拿老百姓出气。"参谋长"真有一手,他拍拍胸脯说,别说三不打,即使是五不打也没有关系,这一仗照样能打,照样打得胜。

昨天夜里,"参谋长"在司令官和副司令面前画了半夜的地图。他说,当初抗战发生,国军在这附近什么地方挖了一条战壕,四十多里路长,准备在壕沟里头跟敌人捉迷藏,打他一个落花流水。这一计,国军没有用得着,我们来用。人在沟里走,外面的枪子儿打不到身上。敌人不敢进沟,汽车和马队也不能过沟,只好由我们神出鬼没。据说,这条战壕的出口在一座树林里面,万一大事不好,咱们进林，骑兵追到林边儿，只得回头。司令官听了他的神机妙算，直拍大腿叫好！

八月以后，老天爷接连下了几场雨。"一场秋雨一场寒"，夜有些凉飕飕了。

每场雨后，一段晴朗的日子，日本军队就下乡"扫荡"。万里无云，老天爷睁大了眼睛，看强权伸出丑陋的手向大海中捞针，东倒西歪的瞎摸一阵。

这时，至少有一根针，以尖锋对准敌人可能来犯的方向，准备狠狠刺上去。

在风声雨声中，他们等待敌人沉重多钉的皮靴踏在地表上的声音。

现在，他们好比渔夫，张好了网，悬着饵，等一只大鱼撞进来，一只凶猛的大鱼。

贪婪的鱼，不久就闻到了饵的香味。一夜，有人把我弄醒，朦胧中，我知道那人用脚踢我。坐起，窗外惨白的月光里，站满了黑幢幢的人影。出门，那不是月色，是满地寒霜。

先头部队出发了，后面的人跟着。天冷，心急，也有几分惧怕,所以大家走得很快,走到全身发热,还不肯慢下来。我们在鸡啼声中,犬吠声中,最后在鸟鸣声中,走到天色破晓,走到每一个人由模糊晃动的一团到须眉毕现,走进国军留下的那一条废壕。

壕沟把地面切成两半。我连滚带爬跌进去,站起来,仰脸看头顶上的沟墙。他们成年人的个子高,站直了,可以把头部伸出壕外,观察地形,如果佝偻着走,就完全隐没在两墙之间。沟底两旁特别设计了踏脚的台阶,人站上去,恰好可以出枪射击。我一面跟着队伍在沟里踉跄前进,一面想:这么大的一条沟,一铲一铲怎么挖得成,他们成年人真有本事。射手伏在沟沿上,打了就跑,跑一段路再打,敌人一定穷于应付。如果退却,人不知鬼不觉就脱离了战场,撇下敌人在那里东张西望。我在战壕里享受大地的呵护,第一次体会到凭借先人留下的基业你会得到多大的安全满足。

浓云四合,始终不见太阳,只觉气温渐高,走得我满身大汗。好在出口在望,出了壕沟,眼前就是那片有名的柿树林。来到柿饼的主要产地,却流不出一滴馋涎,因为在这一片空林之中赫然站着我们的司令官,我们的惊讶尚未消褪,枪声密如炒豆,响自我们来处。其中配搭着清脆的有韵律的连珠响声,一听就知道是日本陆军步兵特有的"歪脖子"机枪在疯狂的连放。流弹打得树叶哗哗乱飞,扑,扑,扑,打得地面冒烟。它射击的声音使人害怕,也使人出神,三九支队从成立那天起,就希望有这么一挺机枪,人人梦想有一天扛一扛、摸一摸这样的机枪。行军赶路,让老百姓从排头看到排尾,能看见你从日本兵手里夺来的这张王牌。这次作战,司令官曾经一再交代:"务必把敌人的轻机枪夺过来!"可是现在他大声命令我们:"卧倒!卧倒!"

刹那间,除了树以外,只有司令官站着。他在我们中间走来走去,问谁会爬树。有几个队员坐起来,司令官选了三个人,指着柿林外面一棵白杨,对他们说:"你们上树。你,第一个爬,爬到树顶;你,第二个,停在树腰;你,你在下面,第三。第一个看见了什么,告诉第二个,第二个告诉第三个,第三个跑来告诉我。快!"

第一个队员爬树的本领不赖,他抱住白杨直挺的树干,手脚齐动,一节一节往上冒,一时之间使我联想到游泳。第二个人动作比较慢,不过当第一人升到树顶,他也到达树腰,两个人像两只啄木鸟一样贴在树干上,这时,我才觉得这棵白杨真高。我几乎以为,其实是希望,枪子儿打不到那样高的地方,不能伤害他们。枪声依然浓密,流弹却不再出现,大概敌人的射击换了方向。我们纷纷站起,看树上的瞭望哨低头弯腰传口讯,看树下的传讯人在司令官和白杨之间跑来跑去,看司令官的脸色变化:一会儿红,一会儿青,一会儿皱紧了眉头。

就这样,我们揣测战场上的得失,心里一阵抽紧,一阵放松。

不知过了多久,忽然觉得身上有点冷,头上有点湿。仰脸看天,轻细难辨的雨丝惹得脸皮痒痒的。

接着,树叶又拍达拍达响起来,不是因为流弹,是雨点。

"辛苦!辛苦!"

司令官到林边迎接由壕沟里走出来的战士,挨个儿拍他们的肩膀。他们个个满身泥浆,认不清本来面目。

"有人受伤没有?……有人受伤没有?……"

被问的人一怔,眼珠儿在黄泥面具的缝隙里闪闪发光,好像现在才想到这个问题。

"有人受伤没有?"

"没有,一个也没有!"是副司令的声音。看样子,在他开口之前,司令官伸手去拍肩膀的时候,不知道他是谁。副司令一向注重仪容,现在也成了没塑好的泥菩萨一尊。

"了不起!英雄!"司令官的态度特别亲热。看得出有句话含在嘴里打转儿,他记挂"歪脖子"机枪。

"我们抢来了鬼子的大炮!"副司令的胸脯挺得好高。

"什么?"司令官吃惊不小。

副司令转身向沟中招手,催促弟兄们从泥里水里把一个笨重的圆筒扛上来,不算大,打铸得很精致,尽管沾带泥巴,仍然漂亮。圆筒以外,还有一块钢版,一个支架,由另外的人扛着,一齐送到司令官面前。

"迫击炮!"司令官认识这东西。

"可不是?"副司令得意洋洋。"敌人分成几个小股乱窜,有十来个人跟着这座炮。我见他们人少势孤,就带着第二大队长和他的第一中队冲上去。这一仗打得很猛,虽然没有夺到机枪,有这个玩艺儿也可以交差了!"

"好,好,"司令官说。"打得好,打得好!你查明出力的弟兄,我每人赏十个大头。现在先找地方让大家洗洗澡,换换衣服。"

"回原地?"

"不回原地,另外找地方。"司令官用手指一指树林。"这个方向,马上出发!"

耳语:副司令吹牛皮面不改色,火候到家!他领着大伙儿冲锋?没那回事!敌人不知道眼前有沟,见了沟也不知道壕沟里有人,愈走愈近。副司令在沟里会错了意,以为敌人是冲着他来的,就命令第二大队排枪开火,掩护他脱身。谁知道枪声一响,十几个日本兵转身就跑,大炮丢在那儿也不要了!二大队本来的打算是,他们一开枪,敌人一定散开,卧倒,大家趁这功夫拔腿溜走。有人开了一枪两枪赶快脱离火线,连日本兵张惶失措的样子都没看见。这时候,幸亏有一个弟兄沉得住气,这人究竟是谁,已经弄不清楚,他喊了一声"抢大炮啊!"大家这才如梦初醒冲出沟外。等玩艺儿到了我们手里,才轮到敌人清醒过来,想起自己丢了东西,急忙回头来找。"歪脖子"朝着空沟扫射,打来打去只打中了尘土。日本兵这么差劲,说出来没人会相信。二大队的人说,这一批鬼子特别瘦小,可能是壮丁快死光了,拉半大不小的孩子来充数。这些孩子第一次上阵,听见枪声就慌成一团乱麻。看起来,日本的气数要完了!

大家洗澡,换衣服,擦枪,忙得像大年夜。

忽然,司令官找我。

他板紧面孔抽烟,一呼一吸之间有余怒未息的样子,不知生谁的气。我站在他身旁,等他开口。

"你学会赌钱了没有?"

"没有啊!"我急忙否认,他怎么有心情查问这个。

"你这个年龄,吃喝嫖都还谈不到,我最担心的就是赌。你不赌,很好!"

沉默,我跟他之间游动着他喷出来的烟圈儿。

"游击队这样的环境很容易教人学坏。明天,我派人送你回家。"

我说,我不想回去。

"你已经来过,总算抗了战,久留没有多大意思。你的年纪还小,应该去读书。"

读书!听见这两个字,我浑身触了电。我想起那个神秘的客人告诉我的,一座文武合一的学校,一座千金小姐穿草鞋的学校!一座培植三尺幼苗成栋梁的学校!把一滴水一滴水汇合成巨浪的学校!啊!学校!学校!我身不由己似的点头,退出,一面收拾我的东西,一面发烧……

耳语:知道吗?昨天夜里,司令官跟副司令吵架。他们都是上等人,要面子,声音很低,但是彼此很不客气。司令官的意思是,打这一仗顶多弄他一挺轻机枪,要迫击炮干什么!这玩艺儿到了我们手里,等于一块废铁,可是日本丢不起这个人,一定抽调重兵,彻底清乡,烧掉十个八个村庄,出这口鸟气。三九支队岂不害苦了老百姓,当司令的怎么对祖先、对乡亲交待。再说，日本除了迁怒到老百姓身上，对三九支队又岂肯放过，到时候，飞机大炮都来了，咱们的一亩三分地只有这么大，三九支队往哪里逃？怎么生存？逃到自己的地盘以外，等于鱼离了水，还不是教人家吃掉？可是副司令认为自己没有错，他说，当司令官的人怎么能这样胆小！司令官气极了，伸手给副司令一个耳光。副司令不但没有躲闪，反而把头往前一伸，眼睛瞪着司令官说："二哥，你再打，我就还手！"他们是远房弟兄。

回到家里，才知道父母正担心得要命。我马上成了新闻人物，每天有人从各村各镇来找我，有小脚的老太太，有背着婴儿的媳妇，眯着汪汪泪眼。

"你认得×××吗？他是我的儿子。"

"小孩他爹在三大队，叫×××……"

我说不认识，统统不认识，就算见过面，有来往，我也不知道他们的名字。

来人很失望，只好从心底深处把最后的问题拿出来：

"这一仗,你们到底死了多少人?"

"没有啊?一个也没有。"这个我倒清楚。

"怎么没有?三九支队派人到处买棺材,把好几个棺材店的存货都买空了。要是没死人,买棺材做什么?"我目瞪口呆,买棺材的事没听说过!

"你们还买石灰,买蜡烛,用牛车载运,这些东西不都是办丧事用的吗?"

呜的一声,有人捂着鼻子哭了。

"到底是个小孩子,一问三不知!"有人轻轻叹息一声。

再过几天,这一带参加三九支队的人陆陆续续都回来了,父母找到他们的儿子,妻子找到她的丈夫,没听说哪家短少一个,家家欢天喜地。

"你们怎么回来了?"这是人人要问的。

"司令官要我们回家种麦子,下了种再回去。他说,战要抗,田也要种,拿起锄头是民,拿起枪是兵。司令官很通人情!"

  耳语:三九支队"封枪"了。封枪你不懂?就是人解散,枪埋起来。这两天,公路上兵车不断,一车一车日本兵,带着大炮和重机枪,厉害得很。他们发誓要消灭三九支队,如果办不到,就切腹自杀。他们司令居然写了一封信通知别的支队,教他们赶快避风头,信上说,这次只对付一个敌人,跟别的队丝毫不相干,谁要是敢帮三九支队的忙,就连谁一起解决。这是泰山压顶,庄稼汉组成的游击队哪儿顶得住?幸亏他们早有准备。

告诉你,三九支队的司令官老谋深算,预先料到敌人有这一招。那一仗打完了,他派人到处买油纸,买蜡烛,买石灰,买棺材。他把武器子弹用油纸包起来,用蜡封好,装在棺材里,洒上石灰。他找了一片乱葬岗子埋下去,教大家回来种田。三九支队已经不在天地之间,任他大日本皇军发疯,也望不见风、扑不着影儿,十天半月以后,日本非撤兵不可,敌人一退,三九支队又从地底下冒出来,大摇大摆的抗战,敌人想集合大兵再来一次,可就难了!

三九支队这一手够漂亮!可是你先别替他高兴,

四四支队正在到处找三九支队的枪埋在哪里。他们对那座迫击炮更是念念不忘,炮身上有日本字,落在游击队手里,是天字第一号的光荣。四四支队派了八个小组,到三九支队驻过的地方、走过的地方穷搜,看见新坟就挖开看看。藏宝万一被人家挖走,三九支队的那一阵威风就只能算是一场春梦了!

哭屋

抗战发生以后,父母一直在为我的读书问题发愁。原有的公私立学校一律关闭了,到千里迢迢的大后方求学,我的年纪又似乎太小。伪政权开始办学校,到处拉学生,把孩子送进去吧!实在不甘心,惟恐孩子进了汉奸办的学校变成小汉奸。那两年,我半夜醒来,常常听到父母在窃窃私语,捶床叹气,别人的父母大概也一样。

正在所有的父母都非常烦恼的时候,有一种说法开始流行,认为政权虽然是伪的,学问可是真的,为了求真学问暂时进伪学校,又有什么不可?有了真才实学,等到抗战胜利,还不是一样可以为国家服务吗?父亲颇为这种说法所动,不过为了慎重起见,他还是亲自到县城去了一趟,在那儿住了两天,研究县立中学的课程,观察敌人控制这个学校到什么程度。这座学校大体上还算正常，不过每天早晨做朝会的时候，全体师生要面向东方迎着太阳行三鞠躬礼，表示对日本天皇的崇敬，如果是在天皇生日那一天，全体师生还得欢呼万岁。这是父亲绝对不能忍受的，他回到家里对母亲说：咱们的孩子不能进那种学校。

剩下的一条路只好读四书五经了？说起这些旧学，"三先生"是这一方的大家，他的父亲是进士，在黑沉沉的进士第里面，包藏着很多的传奇。老进士曾经在京城里面陪着皇帝做诗，他家的藏书比县城里的图书馆还多，他的书房比中学的教室还要大，老进士的书画都是第一流的，外面有五个人模仿他的笔迹，唯妙唯肖，难分真假。倘若因鉴别引起争执，老进士只是微微一笑，从来不表示意见。常有学人自远方来，讨论古书上某一句话的真正解释，或者要求看一看某一部书的善本，这些来求教的人个个都是严肃地进来，微笑着出去。进士有三儿一女都聪明过人，被大家封做神童⋯⋯

进士第最大的传奇是老进士和他的二儿子长期的争执。在那里，不论男女老幼人前人后都管进士的次子叫二先生,管他的媳妇叫二奶奶。想当年,老进士在京城做官,二先生中了举人,家族的声望蒸蒸日上,是进士第的全盛时期。可是老进士的性格很倔强,他又把这种性格传给了他的儿子,倘若一旦发生重大的争论,谁也不会让步。幸而这种争论从未发生过,不幸的是它后来终于发生了,引得当时的官场和考场谈论他们,谈论了很久。他们争得那么痛苦,别人却谈得那么津津有味。

二先生最大的愿望是和他父亲一样中个进士,他认为中了进士才算是真正的读书人。批八字的人说他没有进士的命,他不信,赶到京城去应考。开场他考得很好,可是到后来他觉得身体疲倦,精神涣散,好像所有的力气、所有的学问都已经用完了,好像冥冥中有力量抑制他,干扰他,使他迷乱。勉强交了卷,自己也觉得绝望,抱着绝望的心情看榜,再抱着绝望的心情回家,从"进士第"三个金字下穿过,低着头钻进书房,慌忙关上门,闩好,把母亲、太太、老妈子都关在门外,任人无论怎样喊叫,他也不肯把门打开。

他在书房里抱头痛哭,哭得墙外行路的人停下来,哭得门外的母亲陪着掉泪。晚饭已经摆好了,可是谁也不肯去摸筷子，家人准备了这么丰盛的菜，而他还关在书房里继续哭。

二先生断断续续哭了几天，情绪慢慢平静下来。家人劝他：功名是前生注定的事，既然命该如此，人力何必勉强？人怎能拗得过考场里的神鬼？二先生默然无语，但是不久书房里面响起了琅琅的书声，通宵不停。

三年过去了，考期又近，他辞别家人，动身应考。他对老进士发誓这次非考取不可，必要的时候，他打算在北京想办法打通关节，这要花很多的钱，他请求父亲给他充分的支持。但是老进士勃然大怒，拍着桌子，拍断了他的长指甲，斥责儿子有这种荒唐的想法。他说：考试作弊是读书人终身的耻辱，也是祖先的耻辱、子孙的耻辱，他绝不允许自己的儿子做出这种败坏门风的事情来。骂得二先生含着眼泪登车，二奶奶也含着眼泪送行。

在用过三年的苦功以后，二先生的学问有了很大的进步，可是和上次一样，他的精力和学力消耗得很快，终于，他的手又软了，脑筋又乱了，无论怎样压榨自己，也榨不出一点儿浆液来。他的才思立即退潮，使他成为一艘搁浅了的船。他知道这一次又失败了。他真恨，恨自己不能像别人那样花一笔钱，一大笔钱……

落第回家，自己觉得一张脸没处放，不敢抬眼面对大门口看家护院的，不敢看父母，不敢进自己的卧房，像逃命似的钻进书房，关上门又呜呜地哭起来，任由母亲和妻子隔着窗子劝，任由邻居围起来聚在一起隔着墙听，任由老进士派了书童三番两次来催唤，他一概都不理，他只是哭。如果你了解华北那些老式瓦房的构造，你会知道在那样的房子里嚎啕痛哭是一件颇不寻常的事情，屋顶的木料和瓦片，墙壁的窗棂和窗纸，对宏亮的声音产生共鸣，音响铿铿然，悠悠然，成为一种奇闻。

跟上次一样，二先生的悲愤没有维持多久，就转变成刻苦用功的行动。他跟妻子不同房，跟邻居不通庆吊，甚至不肯理发，忘了洗澡，只是不停的读。他是一天比一天瘦了，但是读书的声音一天比一天动人，读到痛快淋漓的地方忍不住要哭，几声痛哭之后，又马上恢复了读。这种读了又哭、哭了又读的声音，一度闹得全家不安，时间久了，大家也慢慢习以为常。就连二奶奶，想起这种苦读的故事历史上多的是，也就慢慢不像从前那样担心了。

三年之后再上考场，二先生的模样瘦削苍白，好像生了一场大病,但是他的决心一点儿也没有动摇。这次他非考中进士不可,这可能是他最后一次考试,因为人人都说这次考试举行之后,科举制度要废除了,有一千多年历史的抡才荣衔要消失了,"进士"将要成为历史名词,正因为如此,这个头衔才更珍贵,他参加这场最后的竞赛更是志在必得。无论如何,他需要大笔钱。为了这笔钱,他在老进士床前跪到第二天早晨,马车在大门口等他出发,老进士还是没有答应,于是他也就仍然没有考取。

于是回到家中他仍然低着头钻进书房里。

这次他没有哭,听起来书房里很平静,家人认为他想通了,认命了。

第二天送饭的老妈子从窗棂望见二先生挂在屋梁下面,他吊死了。……

二先生虽然死了,他无穷的遗恨好像留在屋子里,没有随他的尸体一起埋葬,更深人静的时候,书房里常常传出他的哭声。二奶奶亲自听见过,老太太也听见过,据说连老进士自己有一次站在院子里的梧桐树下,也迎着西风听了很久。不久,进士去世了,然后老太太也去世了,接连办了三次丧事,家里又添了一座鬼屋,进士第的光彩是大不如前了。尤其是眼前的这一场战争,把进士第的一大部分房屋完全烧毁,三先生再也没有力量重建,从前威严整齐的进士第现在一片荒凉。尽管这样,由于博学的三先生支撑门户,他拥有的这片瓦砾,仍然被认为是读书人的圣地,像老进士在世的时候一样,这儿是正统学问的库仓和转运站。所以父亲安排我到三先生那儿去住一、二年,早晨晚上听听他的教导。

进士第的时代的确过去了,当年神圣的大门,现在用砖块封堵起来。砖块大小不一,凹凸不平,样子拙劣而丑陋。大门封闭以后,出入一律从边门经过,这一道门当初本来是给看家护院、打工值夜、洗衣买菜的人准备的,二奶奶和三先生这两房人家现在住的房子也都是从前下人住的。我的卧房兼书房本来是打更守夜的人休息的地方,跟当年二先生的书房遥遥相对。书房已经烧毁了,院子里的那棵梧桐树还在,树干很高,叶子肥大,显出它是所有的树里面最大方清洁的一种。由书房望去,从前的深宅大院一律失去了门窗和屋顶,剩下四面墙,围墙的框子装着灰烬瓦砾,就好像是一座一座刚刚使用过的大烤箱。尽管经过这样的摧残,剩下的墙也跟一般残垣败壁大不相同，它们有光滑的表面，整齐的棱角，使人可以想像到它在完整的时候是多么美丽，当初建造它们的人是费了多少心血，要为子孙留下几百年的基业。现在我来得太晚了，这里已经没有四壁琳琅的名人字画，没有散发着檀香气味的珍本古书，没有比一块金子还要贵重的印章，没有比一栋房子还要贵重的石砚，更没有老进士当年亲手抄写尚未出版的著作。我来的时候，这一切都化成了灰烬，只有书房前面的这棵梧桐还带着全盛时代的光泽，象征一股艰苦支撑的生命力。

经过这样巨大的变化之后，三先生不再是一位儒雅潇洒的绅士，他每天要应付土匪的警告、汉奸的勒索和自己家庭生计的困难。他经常紧张地喘着气，就好像一个苦力刚刚做完苦工一样。但是他只要有一个钟头的时间坐下来，捧着他的水烟袋，跟我讨论唐诗或者说文，他又恢复了这个时代所没有的从容，他的眼睛和声调里面，根本没有时代的苦难，他家藏的典籍文物好像根本没有焚烧，那些东西本来就存在他的心里，是战火所不能摧毁的。就是他在谈杜甫的三吏三别，也好像玩赏古代的一件铜器，上面生满了美丽的锈，价值连城，但是跟现实没有丝毫的关连。除了他手里捧着的水烟袋,他没有一点人间的烟火气。可惜这样的良辰美景究竟不多,多半的情形是他正在谈得起劲的时候,账房先生跑过来弯下腰在他耳朵旁边低声说了几句什么,他立刻离座起身匆匆忙忙地走了。

我来到这里,除了希望听到三先生的教导,还希望听到二先生的哭声,那个流传一时的怪谈给我很大的诱惑。有时候我走进那个从前叫做书房的大烤箱中,践踏碎瓦,看墙上烟熏火燎的痕迹,想想一个读书人的灵魂如何被时代套上锁枷。对一个人而言,读书是如此重要,又如此可怕,古往今来,不知有多少读书人在他自己的书房里哭过,然后把自己吊死,只不过他们的哭没有声音也没有眼泪,他们也并不需要一根真正的绳子。我如果能够听到这种哭声,在我的读书生活中当然是一项重要的纪念,但是这恐怕不可能,据说自从那染红了西天的烈火把大半个进士第烧成废墟以后,那神秘的哭声再也没有出现过,好像它也经不起战火的煎熬退藏到九泉之下,就像我们在逃难的时候,战战兢兢地躲在芦苇里面,把自己的家让给枪声炮声连天的杀声,即使芦苇外面已经沉寂下来,我们这些躲在里面的人还是不敢听自己的呼吸。

我发现,除了我以外,还有一个人希望听到鬼哭,她是二奶奶。一天,夕阳照在我对面的大烤箱上,颇有几分古意,我忍不住丢下书本,从那个从前叫做门的黑窟窿里钻进去。这时候,通过另一个黑窟窿,从前叫做窗子的,出现了她。

"你来这里做什么?"

我涨红了脸答不出来。

"你是不是听见了什么动静?比方说,半夜有什么声音吵醒了你?"她问得很委婉。

我突然有了勇气,对她说:"还没有,我很希望有一天能够听到。"

"那是为什么?"

"因为我听到了那个传说。它深深感动了我,每一个读书人听到了这个故事都会受到感动。"

"这不是一个传说,也不是一个故事。不过他的声音已经好久没有出现了,这样下去,再过一些日子,它就真的变成故事和传说了。我住在后面,离这儿很远,耳朵也越来越不灵光,即使有什么声音也很难听到。你睡的地方离这儿很近,如果你听到什么声音,马上跑到后面去告诉我,好不好?"

她的神气使我没有办法拒绝。不过我说:"我有没有那样好的运气,一点儿也没有把握。"

"你是一个小孩子,小孩子常常能看到成年人看不到的景象,也常常能听到成年人听不到的声音。好孩子,记住,要马上告诉我。"

她转身离去,走路的姿态两腿僵直,两臂前伸,每一步都走得很慢。这是缠过足的老年妇人走路的姿势,她的确是老了,银灰色的头发已经很稀。

夏天过去了,整个夏天没有什么可以告诉她的。秋天来了,天气凉爽起来,比起夏天好像卸下了一身的重担,轻得想飞。这是读书的好天气,更是读诗的好天气,肉身飞不起来,让诗带着我们的思想飞。我抽出一本唐诗,随手翻开一页,照着三先生教给我的腔调,朗诵自己最喜欢的一段:

　　自言本是京城女,家在虾蟆陵下住。十三学得琵琶成,名属教坊第一部。

曲罢曾教善才伏，妆成每被秋娘妒。五陵年少争缠头，一曲红绡不知数。

钿头云篦击节碎，血色罗裙翻酒污。今年欢笑复明年，秋月春风等闲度。

弟走从军阿姨死，暮去朝来颜色故。门前冷落车马稀，老大嫁作商人妇。

商人重利轻别离，前月浮梁买茶去。去来江口守空船，绕船月明江水寒。

夜深忽梦少年事，梦啼妆泪红阑干。

闭上眼睛咀嚼诗意，听见院子里面卡察一声，梧桐树掉了一片叶子，叶柄离枝的时候发出清脆的响声。然后拍达一声，是那片黑沉沉的树叶在秋风中飘荡了一会儿，重重地扑在地上。紧跟在落叶的后面响起了另一种声音，这不是秋虫的叫声，不是风声，这是一个人的呻吟，一个男人，一个忍受痛苦的男人实在忍不住了才会发出这样的声音来。

谁呢！这会是谁呢？

再仔细听，那声音还在继续。那并不是呻吟而是一个人想哭、但是又坚决不让自己哭出来。他残酷地约束自己，就像是熔炉约束火红的铁浆。可是那铁浆的高温反而把锅炉穿透了，融化了。在理智溃散以后，喷出了一阵呵呵的狂叫，那真的是一个男人的嚎啕，我在老一辈的葬礼上，曾经听见过这种哭声，哭的人张开大口，全身发抖，连续不断地呵呵着，如果来不及换气，随时可以吞声昏过去。

我赶快吹灭了灯，正襟危坐。

一声过去，又是一声，从窗外对面业已被烧毁的书房发出来，传到墙外，惊醒了那棵老柳树上的乌鸦，哇啦哇啦，在进士第上空盘旋。

那在废墟上的灵魂连忙收敛些，压低声音，变成一阵低沉的呜呜，就好像狂风吹过高山上的洞穴，里面夹杂着伤风一样的鼻息，那声音里面有多少委屈，多少心酸，就连我这世故不深的年轻人也为之酸鼻，恨不得替他痛哭一场。

想听的声音到底听见了。我跑出房门，去通知二奶奶，却望见三先生踏着苍白的月色穿过后院向我走来，一面问："什么声音？是什么声音？"

值更的拿着枪走过来，二奶奶也出来了，在秋风里摇摇摆摆几乎跌倒。三先生赶快伸手搀住。老妈子随后赶上，一只手搀住了二奶奶，一只手还在扣钮扣。

我说我听见了某种哭声。三先生拉长了脸："孩子，你是做梦吧？"

我替自己分辩，我说我确实听到了哭声。

值更的要我把自己的经验仔细说一遍，我一面说，他一面挑剔，指出他认为荒唐或矛盾的地方，激得我几乎要跳起来。最后是二奶奶替我解围，她对三先生说：

"三弟啊，刚才我几乎跌倒，你赶快伸过手来扶我，是不是？"

三先生点点头。

"其实，在你的手伸过来、还没有扶我以前，我已经突然得到一股支持的力量，就像有一只无形的手把我搀住。那很像是你哥哥的手，不是你的手。"她的话征服了每一个人，大家肃然无声。

她继续说：

"看样子，虽然经过这一场战乱，你哥哥还是留在这座破房子里，没有离开我们。我相信这孩子的话是真的，他既没有做梦,也没有说谎。"

说完,她穿过院子,朝书房走,老妈子搀着她,其余的人在两旁跟着。

她一面走一面说:

"你哥哥留在家里,我比较放心。自从逃难回来一直到现在,没有听见他的声音,真担心他不知流落到哪里变成了孤魂野鬼。现在好了,你们去拿香拿纸来,今夜里先给他烧一烧,明天再做一场法事,送他回祖宗的墓园。"

二奶奶是进士第里年龄和辈份最长的人,她的话有相当的权威,香案马上在梧桐树下摆好了。她亲手烧纸,喃喃祝告,然后跪下。我们,包括三先生在内,在她身后跟着跪下。

祭告完了,二奶奶回房休息,值更的去巡逻守夜,剩下我跟三先生两个人。

"你再把刚才的情形说一遍,越详细越好。"三先生对我说。

我从朗诵那首诗说起。

他冷静地、仔细地听完了我的叙述,严肃地问:

"你是朗诵了白居易的琵琶行?"

我说，千真万确。

他点点头："我二哥生前最喜欢这首诗，常常在书房里高声朗诵，念到'夜深忽梦少年事，梦啼妆泪红阑干'，有时候会痛哭出声。"

我愉快得要命。他到底相信我了。他找到了证据。那夜，他整夜不眠，在梧桐树下走来走去，走到我入梦，再醒。他一定想了很多事，想怎样来安慰他的哥哥，想一个人受尽学问的虐待还必须服从，想进士第的劫后余烬里可有一枚凤凰蛋，想梧桐叶落尽后怎样再生。他一定想到这些，一定想得更多，一定转了许多永难猜度的念头，发了比海还深的感慨。

一星期后，树下来了一群工人，动手修盖书房。三先生说，他要一栋房子做学屋，教本族的子弟读书。尽管科举废除了，孔孟之道是永存的。进士作古了，二先生也作古了，真正有学问的人离开了人间（他自己这么说），可是他，这个后死者，手里还握着一把种子，撒下去，老天会让它长出来。这是一次艰难的决定，因为进士第已无余财，他办的学屋又一定是免费的……

我是把书桌搬进学屋的第一个学生。我们都很用功。三先生常常说:"你们的命苦,……你们来得太晚了。"他的意思是说,真正的良师已不在世。我们仍然很用功,我们失学太久,太饥渴,也都熟知二先生的传奇,觉得屋梁上有一个感伤的灵魂目不转睛的望着下面。我们怕他,同情他,惟恐自己像他。每一个学生都在父母面前受到严厉的告诫:科举并没有真正废除,社会上有各种名称的新科举,也就是说,种种的挑战和考验,等着你我拼命。它也值得我们去拼命,否则,人生将没有意义,我们想在梁下吊死,却没有这样高大幽静的房子。

我也是第一个搬出这学屋的人。直到我离开家乡,到大后方求学,谁也没有再听见鬼哭。也许二先生已经回到墓园安息,也许他从下一代找到慰藉。后来,这座空屋曾经传出哭声一事,就真的变成了传说,变成了故事。

拾字

那年代，不识字的人很多，我们在小学里读书时，就学会了站在讲台上扫除文盲。……后来，教会的宗长老来找我，他说，他决定在一个小村庄里成立识字班，拿认字做信教的基础。他曾经把圣经送给村人，却发现圣经的用处是放在床头夹草纸。可怜他们不识字！他说，教那些人认字也是为主工作。他认为我十足胜任。

宗长老是个瘦长而精光外露的人，狭长的脸上有星星点点的白麻子，嘴唇很薄，口齿伶俐。他和当地的无神论者辩论信仰问题，薄唇翻飞，口沫四射，对方最后只有说："好吧，算你有理。"他劝我到识字班去做小先生，指手画脚，滔滔不绝，替我分析，替我考虑，也替我决定答允。我想来想去，想不出拒绝的理由，终于说："好吧。"

薄唇的人多半能言善道。尤其宗长老，上唇人中两旁有几颗凹下去的白麻斑，显得上唇薄到透明，灵敏过人。杨牧师的唇比宗长老厚一倍，发言之前先要蓄力提气才张得开，好容易张大了，不久又要合上，使人感觉到那唇的重量。有人坚持上帝也有性欲，杨牧师无可奈何，仰天长叹："主啊，你都听见了！"

质料薄脆的乐器震动发声难有撼人的力量。宗长老从口中吐出来的是机智，不是诚恳。机智不如他，很容易做他语言的俘虏，可是不久就想脱逃。

我没有逃，我在计划脱走的时候，忽然想起有一天我坐在院子里看书，看一本纯粹消遣的闲书，一本要被大人先生没收的书，抬头发现一旁有个不识字的人静静的望我，目不转睛，把羡慕、钦佩、敬畏，无限无量向我倾来，好像我在做天地间第一等大事。我当时非常惭愧，为所有识字而又不肯正当使用的人惭愧，对所有把语言符号当做神圣符咒的人同情。现在我有了减轻愧疚的机会。

主说过，有两件衣服的人，要分一件给那赤身露体的。我把一切推托之词咽回去，吐出："好吧。"

识字班设在小茅屋里,难得的是桌凳整齐。我走马上任这天,一个年轻的木匠正在茅屋门前做黑板。他事先做好一块木板,再搜集许多松烟,(要燃烧很多松枝,费好几天时间。)最后把那些黑色粉末涂在木板上。他认真赶工,让我及时有黑板可用。那是一块精心制造的黑板,给简陋的识字班增添隆重。

学生陆陆续续坐满了,不是梳着髻,就是甩着一条大辫子。全是女生。男人要工作,没有功夫来"拾字"。他们跟识字叫"拾字",字是属于人家的,人家遗落几个,他们小心拣来,就像在收割小麦的人后面拾穗。

年轻的木匠把黑板挂好,兴奋得两颊泛红,一面提醒我当心弄脏衣服,一面又指着一个学生说,那是他的妻。她梳着髻,脸也红了。记得宗长老叮嘱我不要注意女生,最好到结业那天还不知道哪个是出了嫁的媳妇,哪个是没有嫁的大姑娘。这似乎很难办到,媳妇梳髻,闺女留辫子,一望而知。不过,要想辨别两者还有什么差异,却非易事,我在她们脸上一再考察,没有结果。

第一课教她们认识一个字:神。我在黑板上写字,用粉笔耕耘这一块处女地。新黑板的表面有一层黑色的粉粒,笔画所至,感觉到轻轻的震动,好像用触觉去领略音乐。旧黑板写了又擦,擦了又写,变得灰白光滑,不再产生这样微妙的趣味。这个"神"字我写得很大,很端庄,无懈可击,如有神助。

这个字,也是第一次有人写在她们乌溜溜的眼睛里,写在她们洁白的记忆里。

"神,"有一个梳髻的学生问:"他是外国的神,还是中国的神?"

多么可笑的问题,耶稣是犹太人!
"既然是外国的神,怎么肯来救中国人?"
这一问,我笑不出来。

第二天,我教她们认识自己的姓。那年代,人特别尊重祖传的东西,尤其是姓氏。一旦有了识字的机会,他愿意马上会读会写这个符号。只要认识这个字,即使仅此一字,他就觉得自己不是瞎子了。他睁开了眼,看见一星星由远古点燃至今闪耀的亮光。

"谁会写自己的姓?"我问。

几只手指着一个梳辫子的姑娘，叫"小米，小米。"她是村长的女儿，在全班之中家境最好，辫子也最黑最亮。我说："你来，把你的姓写在黑板上。"

经过一阵应有的迟疑，她勇敢的离开座位。从我手中接过粉笔，她有点抖。她在黑板上先画一个十字，再向四角点上四个斜点儿。她姓米。

"这是一个很好的姓，写出来很好看。"我自问这两句话很稳健，同学们竟哑然失笑。我张口结舌，姓米的女孩把脸埋在臂弯儿里。

想了一想，是"好看"两个字出了毛病。她们以为我称赞写字的人漂亮。

为了纠正她们的印象，我说："这个字六画，笔画有一定的顺序，照顺序写，这个字就更好看。正确的笔顺是：先写左右两点，再写中间一横，好比一个人戴上帽子；然后写中间一直，下面两点，好比一个人穿上衣服。"

谁料全场大笑，笑得我更窘，我立刻发觉又错了，没有人先戴帽子后穿衣服，穿戴的顺序恰恰相反。那年代，在年轻女子面前公然提到穿衣也有失庄重，那会使她们联想：穿衣之前呢？……幸亏在她们眼前我还是小孩子，童

·拾　字·

言无忌。她们不识字,她们的礼法观念和羞恶之心却因此更强烈。

只好放弃弥缝,急忙进行教学。下一个学生姓萧,这个字结构复杂,连我自己也写不好。她写来写去总是缺少一笔,急得一再掉泪。

这一天,太不顺利了!

我跟她们渐渐熟识了,知道谁有孩子,谁没有。谁是童养媳,谁有一个后母。她们能够进识字班,全靠宗长老费尽唇舌。这也许是她们一生中仅有的机会,我时时提醒自己:"你要对得起她们。"

是的,我要对得起她们,一遍一遍教她把米字写好,一遍又一遍教她把萧字写得很完整。

这天,我教她们读新约,读到"入口的不能污秽人,出口的才污秽人。"拍达一声,有个女孩拍桌子。我放下新约望她,她打死了一个苍蝇,悄悄的送进嘴里。

我大吃一惊,指着她叫道:"吐出来!吐出来!"她愕然,全班愕然,都对我的紧张失态觉得奇怪。我追问那个吞下苍蝇的女孩:"为什么?为什么?"她不回答。我一直追问,我要对得起她。

木匠的妻子比较干练,她走过来提示我:"老师,你不能问。"

为什么不能问? 我有责任。

她笑了一笑,把细微的声音送进我的耳朵:"她的大便不通,吃苍蝇通便。"

"岂有此理!"这个理由使我难以接受。"为什么不吃药?"

"苍蝇也是药,有这个偏方。"

我的悲悯油然而生。她们竟不知道苍蝇的每一条腿上都有那么多病菌,她们竟用痢疾来治疗便秘!她们不知道通便的药很多,而且很便宜。这天晚上,我走了七里路,买回一包一包的药丸。第二天,每人送给她们一包药,告诉她们正确的卫生知识。

我以为这样做可以对得起她们。我错了,错得很厉害。那时候我不知道善意不能由单方面输出。你自以为是的善意并不算数。

宗长老陪着华乐德牧师来看识字班。华乐德是美国人，一生在山东布道，说一口正确的山东话。在乡人眼中，美国人的长相跟五彩画片上的耶稣差不多，教友见了华牧师都肃然起敬，觉得他真正刚刚从神那儿来。他很高大，我们都得仰脸看他，他低头弯腰走进教室，女孩子紧张得唇都白了。

米村长闻讯赶来，坚持要请华牧师吃饭，邀宗长老和我同席。他并且说，早就有意请客谢师。米村长红润丰硕，见了他，我才知道村长并不全是又瘦又干的老头儿。他草帽长衫，大方的与人握手，完全不像农人。当然，他也不像商人。他像村长，村长就是他的职业。华牧师本来无意在村中久留，可是宗长老告诉他，米村长为人最要面子。于是他欣然同意，我们也就顺理成章做了陪客。

村长家收拾得很干净。大门用双扇门板，油漆发亮，有乡村少见的气派。门内庭院刚刚才扫过，洒扫的痕迹增添了家庭的朝气。客厅里贴着美丽牌香烟的广告画，画中人是一个拖着辫子的大姑娘，使我想到村长的女儿。八仙桌早已摆好，厨房传来吱吱啦啦的煎炒声，和木柴燃烧的焦灼气味。有几只苍蝇绕着华牧师飞，据说，外国人的毛细孔里有牛奶的腥味，容易招引苍蝇。华牧师称赞房子好，称赞中国人有人情味，对苍蝇并不在意。村长本来会抽烟，香烟土烟全抽，他知道基督教反对抽烟，就事先把烟袋烟嘴烟灰缸全收起来，自己也洗手漱口，清除烟臭。他特地一五一十说出来，表示他接待贵客的诚意。华牧师笑了一笑，却没有再称赞他。

第一个菜端上来，是个冷盘，菜上面盖着一层紫菜，不，不是紫菜，是葡萄干；也不是葡萄干，是乡下特有的一种菜叶，经过煎炸。主人举起筷子说请，客人举起筷子等主人第一个下箸。

村长的筷子插进菜盘，轰隆一声，满盘苍蝇飞散，露出肉片来。我吓呆了，看宗长老的脸色，宗长老看华牧师的脸色。华牧师闭上眼睛，恳切的说："主啊，保佑我们！"睁开眼，夹起一片肉，勇敢的送给嘴里。我也在内心暗暗祷告："主啊，保佑我们！"战战兢兢伸出筷子。

席散，我暗自估算这一餐饭吞下多少细菌。事后，我问宗长老："听说美国人最讲究卫生，华牧师怎么吃得消？"宗长老说，"这也是为了主。如果华牧师不肯吃菜，村长全家恨死耶稣，我们再也没有办法救这一家的灵魂。"原来如此，难怪那天我好心好意把肠胃药送给学生，学生的脸色都很勉强。看来我是错了。——后来我才知道错误很大，比我现在想像到的更大。

把漫长的时间区分成一节课、一节课，就很容易度过，难怪教书的人不知老之将至。我的学生从不缺课，在书本之前，她们知道自己饥饿。站在这间茅屋里，我觉得社会需要我，心灵充实，乐而忘倦。可是我自己犯下的错误夺走了我的快乐。

"她怎么没来上课？"我指着一个空位子问，那是村长的女儿，姓米的女孩。三、四个学生同时回答：她病了。"什么病？"我又问，得到的却是沉默。那时候我完全不知道男人不可向女人问病。以为沉默代表某种不幸，为人师表的责任感使我追根究底。终于，一个年纪最长的小母亲回答："泻肚子"。我立刻想起她家的苍蝇。我想，这是进行卫生教育的机会。"得病的原因呢？"我不能不问。她直截了当的说出来："老师每人送给我们一包药。我们没有吃，只有她吃下去。"原来如此！我急了:"好好的为什么要吃药?"全场又归于默然。

下课后,我跟那个小母亲单独谈话,她说姓米的女孩很傻。"很傻?什么意思?"

她说,这里的人绝对不吃别人赠送的药品,女人尤其不吃男人送的东西。我好心好意送药给她们,她们当面不便拒绝,放学后都丢进路旁的河沟里。只有她,姓米的女孩,秘密的藏起来。只有她,一丸一丸放在手心里看,一丸一丸往嘴里吞。我说:"那药是治病用的,没病的人吃药做什么?"小母亲轻轻的叹了一口气:"是啊,我说她傻嘛!"

我的学生病了,做老师的应该去看看她。一个尽责的老师应该关心他的学生。我要祝福她早日恢复健康,顺便也告诉她不可随便吃药。这是我第一次有资格照顾别人,我要使别人说:"这是一个好老师,做他的学生真是幸运。"

我走进村长的家。一样是两扇油漆大门,一样是摆了八仙桌子的客厅,不知怎么,我觉得气氛异样。村长不在家,村长太太客气的接待我,感谢我的好意,说她的女儿不好意思出来。对了,爱美的女孩都想掩饰病容,把我想说的话告诉她的母亲也是一样的。我说一句,村长太太答应一句,笑眯眯的看我。告辞出门,我满身轻松,我完成了一次非常成功的访问!

"小米"从此没有来上课,她的座位一直空着。有人看见她在河边洗衣,那么,她已经恢复了健康。为什么还不来上课呢?难道逃学吗?这样好的机会,遇见这样好的老师,竟然逃学!怪不得有人说她傻,她的确太不聪明了。

每天上课时,我总要朝她的座位看一眼,希望看见她又来"拾字"。这一天,宗长老突然进来,要我马上回家。我问什么缘故,他说,我的父亲母亲拜托他将我紧急召回。"那么,谁在这儿教课呢?"他说,不管,如果找不到人接替可以停办。识字班是宗长老苦心筹画的得意之作,如今宁可停办,可见事态严重。我只能说:"好吧。"简单明了,就像我答应前来教课时一样。

一路上,宗长老完全改变了侃侃而谈的习惯,闭紧嘴唇。我问他:"我在这里干得怎么样?"他说,很好!

"既然很好,为什么要半途而废?"他说:"这是令堂大人的意思,她认为你年纪太小,不宜出来教书。"这话里面有文章,我站在田塍上追问:

"我什么地方做错了?"

"你没有错,怎么说也不能算错。你到米家去看过他家姑娘?"

我去过,她生病的时候。

"你买药送给她?"

那是我看见有人吃苍蝇的时候。

"你喜欢她?"

我喜欢我的每一个学生。

"是不是有点特别喜欢她?"

不然,我后来不喜欢她了,她不用功,她逃学。

"你这话是真的吗?"

当然是真的。魔鬼才说谎。

"走吧,现在弄清楚了。"

我们边走边谈。他说,人人会错了意,米家认为你特别喜欢他们女儿。米家也很喜欢你,托人到你家去做媒。家里吓了一跳,以为你在外面谈恋爱,你是要到大后方去的，现在不能结婚。家中一面委婉应付媒人，一面要我赶快找你回家。宗长老的意思是，拒绝了这门亲事，我当然不宜再教那个识字班，即使做媒成功，准新郎也得离开准新娘居住的地方。宗长老恢复了他的谈兴，巧言倾泻而下，把每一个人都形容得光明善良，每一个环节都解释得合情合理。尽管他长于体贴人意，我仍然像受了愚弄一样不免悻悻。——谁愚弄了我呢？我自己！

我想，回到家里够我受的。不料谁也没有跟我谈论这一段儿，连宗长老从此也绝口不提。不过这个笑话一定传遍亲友之间，表姐来时，当面挖苦我，弄得我十分难堪。

她不肯听我解释，丢给我一个纸团儿，我拾起纸团儿，打开一看，一行端正的毛笔字："人之患在好为人师"。笔画轻柔，字迹秀巧，绰约间如见其人。我从来没有注意到女人写出来的字跟男人写的字有这么明显的差别。我好像从来没有听见过这句话，从来不认识这几个字，看了又看，忘记自己到底在看什么。

神仆

回想起来,当年占领古城,自称"大日本警备队"队长的那个少尉,倒也是个人才。他想突破孤立,跟地方人士增加联系。但是,大家躲着他,防着他,咒他骂他,谁跟他打交道,谁就被亲戚朋友看不起。怎么办呢?他有办法。

他的办法是抓人。他抓升斗小民,来往商旅,青年学生,还有进城卖粮食买布匹药品的庄稼汉。只要有一个人关进他的大牢,就会有一百个人着急。这一百个人里面自然会有一个人出头要求见他。

城里有一个人,专门替那个少尉穿针引线,架起一条又一条交通管道。地方上给这个人取了一个绰号:老鼠。这个肥胖的中年人秃头,短须,个子矮,走路的时候有些驼背。最奇怪的是他脚步极轻,来去无声,在你不知不觉中突然出现，带来阴险、卑鄙与肮脏。不错，他是老鼠，一只肥胖的老鼠，由内到外惹人讨厌。但是，到了"万一"的时候，你也许非常需要他，到处找他，把他当做一个救命的人。

秋尽冬来，宗长老说农闲的季节快要到了，一年一度的奋兴布道大会该筹备了。他在乡下那座小小的临时礼拜堂里对我的母亲说这些话的时候，我在母亲身旁。宗长老还说，这一间礼拜堂太小了，容不下多少人。抗战快点胜利吧，那时候，我们可以回到城里去，在那座宽大的礼拜堂里布道。说完这几句话，他忽然觉得有什么地方不对，回头一看，"老鼠"不知在什么时候走进来，早已准备好了一付笑容挂在脸上，也早已准备好了他的寒暄客套："快了，快胜利了，你们城里的礼拜堂几年没有修理，恐怕要漏雨了。"

大家虽然讨厌这个人，却不得不"请坐，喝茶。"无事不登三宝殿，大家等他开口。果然，他有消息，他说，日本警备队抓了一个外乡人，认为他是重庆派来的间谍，可是那个外乡人却说自己是一个云游四方没有会派的传道人。这里没有谁知道他的底细。少尉说,如果这人是抗日份子,当然该杀,如果真是一个传道人,当然该放。少尉希望本地教会的当家人进城,跟这个嫌疑犯仔细谈谈。少尉说,寺庙能够用这种方法鉴别真和尚、假和尚,教会也应该能够用同样的方法鉴别真信徒和假信徒。

我们的目光集中在宗长老身上,他是教会中资望最高的人,他才有资格也有义务闯探虎穴。他感觉到挑战的压力,闭上眼睛,用"气音"祈祷。

"如果教会置身事外呢?"他睁开眼睛问。

"少尉是一个读过圣经的人,"老鼠说。"他知道,从前有一个国王,把先知丢进狮子坑里,上帝封住了狮子的口,保住先知的命。他说,如果教会不敢出头,他就把那个传道人交给狼狗,看看上帝会不会封住狼狗的嘴。"

"我的上帝!一个人读圣经,又不信圣经,这样的人最可怕。"说完,宗长老又闭上眼睛。

在那个年代,有一种志愿布道的人,单人独骑,远走四方，随时随地即兴传播福音。圣经上说：先知在本乡本土是不受尊敬的，你们要深入外邦。他们就这么办。圣经上说，你们口袋里不要带钱，也不要有两双鞋子。他们就这么办。圣经上说，人们不知道你从哪儿来，也不知道你往哪儿去，但是你留下了救恩。他们就这么办。

圣经上还说，他饿了，你们要给他吃；他渴了，你们要给他喝。你们接待他，等于接待了主。我们也都这么办。听说这样一个人蒙难了，我的母亲有些激动。她说，教会应该出面救人。她以为，上帝特别看重这个教会，才把使命交给我们。同座的教友随声附和："是的！是的！"如果我们畏缩不前，让狼狗咬死那位弟兄，我们以后怎么再站在讲坛上证道？上帝看见了我们的软弱，将降下什么样的惩罚？"是的！是的！"

宗长老睁开眼睛，非常安静，非常沉着，他说话的神态几乎是自言自语：

"去，当然应该。问题是我平生不会出题目为难别人。我不知道怎样考验他、测验他。上帝没有给我这样的才能。我刚才没有向上帝要求别的，我只要求有人帮我出题目。"他淡淡的扫了我一眼。"像这位小兄弟，他看过圣经,他能从圣经里找出很多难题来,连传道多年经验丰富的牧师都几乎招架不住。假基督徒一定逃不过他这一关。可惜他的年纪还小,不能跟我一块去。"

我一时摸不清楚他是捧我,还是贬我。

母亲把脊梁骨一挺,问我:"你敢不敢去?"

我也把胸脯一挺,很爽快:"我敢去!"

"好,你跟宗长老一块儿去!"

"好!"

当时,我简直不知道自己在说什么。我只看见别人惊疑的脸色和宗长老眼睛里喜悦的光。好久,我清醒过来,弄清楚自己所作的承诺。我想,那一定是神的意思,神在我里面说话。我道道地地做了神的工具。

出发之前,"老鼠"告诉我们进城的规矩:不要走得太快,也不能太慢。不要交头接耳,不要跟熟人多谈话,遇见陌生人也不要仔细看。宗长老塞给他一包钱,他的兴致很高,一股脑儿告诉我们:见了日本人一定要鞠躬,而且要九十度的大鞠躬,这样,他才不会怀疑你是学生或者大兵。见了翻译官要送金子，翻译官喜欢跟人家握手，利用握手的机会把金戒指按住他的手心，他最满意。

这些规矩，看起来并不太难。宗长老拿起圣经，母亲也把她手里的袖珍圣经放在我的手里。紧紧握住圣经，胆子大了一些。宗太太把无名指上的金戒指脱下来，塞进长老的口袋里，看见金光闪耀，我们的胆子更大了。一切照"老鼠"的指示做：从走进城门的那一刻起，时时检点自己的举动，同时又装做漫不经心的样子。一个人用这种心情回老家，实在酸楚。

走着走着，走过那手术台一样干净的广场，走上那青石铺成的阶级，碉楼的影子劈头压下来，压得我头皮发麻。在阶下看阶上，卫兵的皮靴好高好长。到阶上看卫兵，五短身材，除了长筒皮靴以外所余无多，步枪加上刺刀，比人还高出半头。东洋兵的个子那么矮，却喜欢用特别长的枪！我们鞠躬，屁股翘得好高。我忽然觉得好滑稽，这哪儿是鞠躬，这是把屁股翘起来给他看。而卫兵的表情是很喜欢，让我们顺利跨进高高的门限。

日本警备队征用了古城最大的一座住宅。大门里面是一个院子，迎面有照壁挡住视线，墙下菊花盛开。每天早晨，三十多名日兵在这里做早操。左右两边有边门通往另一进院子，"老鼠"带我们往右走，匆匆瞥见左边门内的长廊，廊前的井字栏杆依然无恙。右面的院子也像门外的广场那样干净，一尘不染，寸草不生。右面的房子没有窗户，窗子全堵死了，留下一排通风的气孔。旧日的门也没有了，现在镶着铁板，铆钉星罗棋布。这座教人停止呼吸的房子就是日本警备队的大牢。

在程序上，我们先拜见了翻译官——这次屁股翘得稍低一些。他是一个完全日本化了的中国人，他身上有日本帽子，日本胡子，中国裁缝仿制的日本军服，日本军需仓库剩余的长筒皮靴，日本大兵的皮带和日本军官的手套。还有，日本态度，日本目光，日本姿势。一张口，吐出来清脆的京片子，倒把我吓了一跳。"老鼠"居间介绍之后，他跟宗长老开始那驰名远近的握手，很紧，也很久。然后，他把手缩回去，插进裤袋里。他一定在裤袋里玩弄他得到的东西。他的脸色缓和下来，看样子，他对那东西还算满意。

翻译官带着我们去找钥匙。他亲手扱开门锁，退后几步，"老鼠"连忙上前推门。那扇铁门好重，"老鼠"使出全力，宗长老也卷起袖子参加。一阵摩擦撞击的响声。这一间很大的房子，里面没有隔间，四壁一览无余。墙上，高高低低，挂着铁环，犯人锁在铁环上，贴墙站立，囚犯虽然不少，屋子里依然空荡荡的。有些囚犯不但被上面的铁环锁住了手，还被下面的铁环锁住了腿。

这就是令人战栗的日本大牢。有一个传教士跟教外人士辩论究竟有没有地狱，他朝古城的方向指着说："当然有地狱，日本大牢就是人间地狱。"囚犯挂在墙上，负责审讯的人在中间空地上走动，他的部下推着一个活动的工作架紧紧跟随，架上有种种奇怪的刑具：特制的皮鞭，能揭下人的表皮。特制的钳，可以拔掉人的指甲。特制的夹子，可以夹破人的睾丸。他愿意用哪件刑具就用哪一件，愿意逼问谁就加在谁的身上。所到之处，鬼哭神嚎。

有人受不了这样的酷刑，挂在墙上断了气。有人看见别人天天熬刑，不等刑罚加在自己身上先吓死了。我们是少尉队长邀请的客人，我们手里有圣经，翻译官口袋里有我们的金子。但是我觉得一股寒气从脚踝上升,侵入脊椎。看那些肌肉扭曲成奇形怪状的人,我的四肢跟着酸痛。这地方本来应该很脏,可是日本兵把它冲洗得干干净净。他们以爱好清洁闻名世界,他们却冲不掉墙上的血迹,冲不死在囚犯腿缝里出出进进的老鼠,真正的老鼠,滚动着寒星一样的眼珠。这是一个没有人间烟火的地方,这儿的老鼠吃什么呢?———一念闪过我立刻发抖,从腿抖起。

一个魁梧的汉子,挂在较高的环上,他是我们要找的人。怪不得敌人怀疑他,他在体型上吃了亏。不知是巧合还是有意,敌人把他的两手锁在两个环上,左右分开,胸膛敞露,正是钉在十字架上的姿势。他的衣服破了,露出胸部和腿部的肌肉。他的脸肿了,眼睛挤成一条缝,只能垂着眼皮看人。我立刻联想到教堂里高高在上的苦像。我在地狱里看见代死的英雄。我从来没有像此时这样需要上帝,相信上帝。主啊,主啊,这个名字给我支持的力量。主啊,主啊,我觉得这种呼喊比黄金,比印刷的圣经，更能控制我的心跳。

咕咚一声，走在前面的宗长老跪下。

我早已发软的膝盖跟着落了地。

"主啊，感谢赞美你，这一切，你都看见了！"

宗长老祷告。墙上的大汉低低的响应：

"阿门！"

"主啊，我们相信一切都是你的旨意。死亡在你，复活也在你。恩赐在你，权柄也在你。"

我跟那大汉同时说：

"阿门！"

立刻，我不再惧怕了。我们有三个人，三个声音交响，三颗心合为一体，不再孤独。圣经上说，只要有三个人同心合意的祈祷，主必在他们中间。那天，那时，我完完全全相信这句话，我觉得，我们三个人中间的方寸之地，就是一座圣洁的殿堂。

"主啊，我知道你要试炼我们。（阿门！）感谢你与我们同在。（阿门！）感谢你在我们中间。（阿门！）感谢你用火烧我们、用铁锤打我们、锻炼我们、成全我们。（阿门！阿门！）……"

虽然受过许多折磨，那锁着的人还是能够发出清朗坚定的声音，而且拖着充满了情感的尾音，余韵悠长。这简直是奇迹。

宗长老举起双臂，仰脸向上，用带着颤抖的呐喊对上帝祈求：

"可是主啊，田里的庄稼熟了，收割的时候到了。（阿门！）播种在你，收割也在你，让你的工人下来吧！（阿门！）派遣你的工人去做工吧！（阿门！）求你让我们脱离试炼，感谢主赞美主哈利路亚！（哈利路亚！）求你放下你的工人，感谢主赞美主哈利路亚！（哈利路亚！）……"

他用同样的话向上帝反复央告，他的声音愈来愈激昂，在呐喊之中加入了哭泣的成分。我们的精神同样亢奋，用同样的哀音紧紧追随。在这种狂热的祈祷里，我到达一个忘我的境界，此身飘浮，飘浮，无目的无止境的飘浮着。……

然后，他的情绪从最高点下降，声音逐渐降低，放下手臂，垂下头来，用近似喃喃自语的祝谢来收束。

回到现实世界，我和宗长老都出了一身热汗。

我的使命本来是要刁难这人，刺激这人，戏弄这人，分析他到底有多少基督徒的成分。我们以为可以在一间清静的屋子里对面端坐，质疑问难。我事先准备了许多刁钻古怪的题目。我要问他：天地万有都是上帝创造的，上帝为什么要创造魔鬼？我要问他：神是看不见、摸不着的，你如何证明有神？我要问他：圣父、圣子、圣灵既是三位，又如何一体？圣经教我们尽心、尽性、尽力、尽意敬爱上帝，这"心、性、力、意"有何区别？在天堂上，所有的灵魂都是上帝的儿女，都是兄弟姊妹，那么，我是否要跟我的父亲叫哥哥？这些问题，一个冒牌的传道人绝对答不出来。除此之外，我还准备了一个下流、刻薄的题目，我想问他，马利亚以童女的身份从圣灵怀孕，那么，上帝也有性欲？我希望这个题目一出口，看见他从椅子上跳起来。……结果，这些题目都用不上。我把它们忘记了，抛到九霄云外。也幸亏如此！我的动机是如此邪恶，我如果记得自己的罪，真要在人间地狱里活活吓死。……

少尉在他的办公室里接见我们。"老鼠"又叮嘱一句:"不要东张西望。"我们在办公室外停步,等翻译官的召唤。他目送我们走进去,自己悄悄溜开。

我警告自己:不要东张西望。我一眼看见墙上挂着一幅行草,就盯住不放。上面写的是"细雨临风岸,危樯独夜舟……"很雅。我不敢看少尉,眼睛的余光恍惚看见他整洁的袖口和白皙的手。他似乎很客气,因为翻译官说:"太君要你们坐下。"我想,这一场艰苦的应对由宗长老去进行,我还是少开口为妙。我专心看墙上的字:"星垂平野阔",写得豪放,有几分黄山谷。下款是日本人的名字,日本人也能写这么好的毛笔字,怪不得说是同文同种。我感到文化的亲和力。可是,我的目光向右移了一尺,那里赫然挂着少尉佩用的长刀。不见刀身,单看那被手掌磨润了的刀柄,我的神经又紧张起来,不想再去看什么"月涌大江流"。

我的目光落在翻译官身上,他正在努力把日本话变成中国话,又把中国话变成日本话。少尉说话时,他恭恭敬敬站着听。等少尉的话告一段落,还加上一声"哈衣"。"哈衣"好像是一句咒语,把一个彬彬有礼的人变成狂妄傲慢,他用叱责小孩子的语气和神情,把少尉的话译给我们听。少尉首先问,那个嫌疑犯到底是不是一个真正的传道人?宗长老肯定的说,他是。"怎么知道他是?"宗长老一本正经的答复:"我祷告的时候,上帝跟我交通。他给我启示。"

"这种说法太玄了,你得给我一个实实在在的答案。"少尉好像不高兴。

宗长老急忙分辩:"不玄,一点也不玄,我说的是老实话。我们传道人跟传道人见了面,第一件事是互相替对方祷告。只要听听他的祷告,只要听他说一句阿门,说一句哈利路亚,我们就知道他里面有没有神、有没有生命,谁也骗不了谁。"

听翻译官和善的语气,少尉是满意了。他说,"太君"决定放人,由宗长老具保。保结已事先准备好,上面大部分是勾勾点点的日本字,看不懂什么意思。"盖指纹吧",翻译官说。事出意外,宗长老口里连连称是,左手右手却不肯伸出来。

自己也知道赖不掉,只好用指尖蘸一蘸油墨,轻轻点上。翻译官趁势捏住他的指头,重重的按在油墨里,打了一个滚儿。大半个手指全黑了。再到保结书上打一个滚儿,好像手指头剥下皮来,贴在纸上。宗长老抽回手指一脸懊丧。那年代,我们都相信盖过指模的人一定要倒霉。

谈话继续进行。少尉的口吻还是那么急躁,在我听来,日本话永远是急躁、不耐烦。可是翻译官忠实的反映少尉的态度,他和和气气。他说,皇军对教会有好感,一定保障信仰宗教的自由。皇军认为,教会应该结束流亡,重回原址,并且劝导本来住在城里的信徒重整故园,安居乐业。这一番话说得和颜悦色,入情入理。

紧接着话锋陡转,如急雨打落秋叶,他说,如果教会不肯合作,皇军就有理由相信,教会是一个有组织的抗日机关。教会将永远不能回到古城,即使躲在乡下,也有一天无法立足。

不但少尉是个人才,翻译官也是,他连主子的人格、气质、心态,一并传达过来。少尉的表演有段落层次,有缓急擒纵,翻译官依样拷贝,丝丝入扣。……后来,我听说人类在研究翻译机,马上想起这位翻译官来。人类要到什么时候才造得出这样灵敏可爱的机器?

宗长老借来一辆牛车，载着那遍体鳞伤的汉子下乡。汉子躺在车上用一顶斗笠盖着脸。

牛车摇摇摆摆颠颠簸簸往前走，走得好慢好慢。每听得车轮跳一下，我们的心就绞一下，惟恐那汉子的伤口疼痛难消。

大街小巷钻出来许多人问长问短。"断气了没有？"竟有说这种话的好心人。我们轻描淡写答理几句，低头赶路。

出了城，这才放下心里的吊桶。日正中天，暖意洋洋，若不看远山近树褪尽了青绿，实在不觉得这是深秋。宗长老长吁一口气："感谢主！"

不知在这条路上往返过多少次，今天坐牛车，才觉得它好长好长。在车上摇呀晃的，不觉打起盹儿来。

车停了，反而惊醒。睁开眼，蓦然看见母亲，吃惊不小，母亲怎么也来了！

我的四周有许多人，都是经常来参加礼拜的亲戚朋友。原来我们已经回到教会了。真是谢天谢地！

大汉还躺在车上，几个男教友商量怎样抬他下车。他挺身坐起，斗笠掉在地上。看样子他还撑得住。

·碎琉璃·

"谢谢各位!"他说,音量不弱。"那位弟兄原车送我一程,我要马上离开这里。"

"那怎么成!"宗长老叫起来。"先把伤养好了再说。别看这个教会小,也是神的家。你住在神的家里,神不会让你有缺欠。"

"我不是这个意思。"

"有什么意见,下车再说。"

几个人拥过来搀他。进了屋子,大家观察他的伤势。有人主张先烧一锅开水让他洗澡。有人主张在洗澡水里放什么药材。有人说家有祖传的伤药,可以拿来涂在他的脸上。

有一个男人吆喝着教他的妻子回家抓鸡,用清炖鸡汤给这个汉子补一补。

人多口杂,莫衷一是。宗太太哎呀了一声,打断了众人的纷纷议论。她指着那人的手。他最重的伤在手上。在大牢里,那些人朝他的指甲缝里扎针,一天刺一根指头。他的十个指头肿成一块肉饼。

望着他的手,谁也拿不出主张来。

"先吃饭,后求医。"宗长老作了结论。"我们把一切交给主。"

一提吃饭,教友们觉得该好好招待这个不平凡的客人,东家到菜园去挖白菜萝卜,西家到地窖里提一篮地瓜。……老母鸡望着菜刀扑翅膀,豆油在热锅里吱吱的叫。一阵热腾腾香喷喷的气味,地瓜煮熟了。

菜端上桌子,人围着坐下。客人的手不能拿筷子,众人公推我坐在他旁边,把菜饭送进他的嘴里。他老实不客气大嚼起来。看他的吃相,他的健康还很好。

宗长老呢,他说"我最喜欢吃地瓜",伸手抓起一个。宗太太提醒他:"别噎着啊!"

"笑话!我又不是三岁孩子!"他抗议。

那汉子又说:"吃完了这顿饭,我就上路。"

宗长老不等口中的地瓜下咽,含糊不清的阻止。"牛车已经回城里去了。好兄弟,听我劝,在这里养伤,伤好了,大概我们也该举行奋兴布道大会了,你担任一天的讲员。"他喝一口汤,清清喉咙。"我想过了,教会在外面长年寄人篱下也不是办法。干脆回到城里去吧,布道大会就在城里举行。——你看怎么样?"

他又咬了一大口地瓜。

大汉向我摇手,表示他吃饱了。"宗先生,我非走不可,你只要派车送我一天的路程,我就有办法。我在这里会连累你。不瞒你说,我不是传道的,我是抗战的。我到贵地来,是替国军搜集情报。"

我一听,傻了。宗长老的气管里古怪的响了一声,头往前伸,目瞪口呆。宗太太急忙走过去捶他的背,一面捶,一面说:

"别急,别急,慢慢的喝一口汤。你看你,不是又噎住了?简直不如三岁的孩子!"

在离愁之前

经过一再设法测探,我远走大后方的计划有了实行的可能。我又是兴奋,又是恐惧,又是怀疑,又是快乐。初次跳伞的人站在机舱门口望脚下万亩千亩,也不过是这种滋味。

我心中塞满了问题要问,塞满了话要说。如果我要找一个倾吐的对象,那人当然是唐老师。唐先生是一位中医,这里的男女老幼都跟他叫老师,其实他没教过谁,在学校里教书的是唐太太。唐太太肥胖和蔼,是一位充满母性的教师,唐先生则是一位潇洒的男士,他的头颅特大,两颊瘦削,骨相与众不同。他是这一带乡村里天天读报的人,是在大城市里见过电灯火车的人,是一个把"日本"译成"脚盆"的人。他从异乡来,在异乡落户,结交缙绅,关心民瘼,是一个广结善缘的人。我每次见到他,总能得到一些益处。

我夜晚去看他，躲开他诊病卖药的时间。他在明亮的烛光下写字。他也是这一带惟一在写字时点烛照明的人。写字是他的嗜好，除了看病，整天临池挥毫，没有人打扰时写小楷，来了普通的客人就改写行书，一面写字一面跟来人谈话，客人一面谈话一面欣赏他的书法。除了特别重要的宾客，他不离座迎送。我就是常来他家的一个普通的小客人。

唐先生在一大张宣纸上写小字，密密麻麻的全是"爱"字，唐太太站在旁边牵纸，两人都全神贯注。我仿佛听说这一对夫妇是为了争取婚姻自由离家出走，成为我们这一带地方的上宾。他们为爱情而牺牲故乡。这一带的人尊敬他，并不了解他，那时候，人们总认为了解异乡人很难，总觉得异乡人都有复杂的背景和含混的动机。有些人难免要说，唐先生是一位好医生，可是这样好的人为什么不留在老家？唐先生不理会外人心里怎样想，他天天写他的王羲之，他的书法和他的医道同样知名。

我站在旁边看字，写这么多的"爱"字一定要费十天半月的功夫。这些小字排列的方式奇特。不久，我发现了唐先生的企图,他要用许多很小的"爱"字组成一个很大的"爱"字。我想,这件作品一定是为了唐太太而创制的,他们用这样一件密针细镂的工艺来表示珍惜他们的爱情,他们为爱情曾经付出重大的代价。

当时,一根白烛,照着这样宁静这样和谐的画面,把我的鼓噪翻腾的心烫平了。我羡慕他们能在忧患重重的时代挑最轻的担子。这念头在脑子里闪了一下,就熄灭了,我是一个整装待发的探险队员,来探望刚刚退休的探险家。这探险家正在用小刀雕刻山水,玲珑剔透,把他的实际经验浓缩得很袖珍。

在我看够了书法、希望他停笔的时候,他果然把笔放下了。他伸了一个懒腰,空气立刻活泼起来。唐太太对我说:"你来了正好,唐老师正在想你!"她把那个未完成的斗大的"爱"字挂起来。

她点上油灯,收起蜡烛。

"我正在等你来。"唐先生说。他知道我的计划。

我说:"老师,我要走了!"不由自主,声音里有些感伤。

唐先生和唐太太的反应却是兴高采烈。他俩说,国难当头,年轻人当然不能躲在家里叹气。"不要恐慌,我知道背乡离井是什么滋味。你是在大雾中行路,看见前面的路只有五尺,不敢迈进。其实尽管往前走,走完了五尺,前面还有五尺,……前面还有五尺。不要让雾骗了你、吓着你。"

"老师,我常常听见人家说成器。到底什么是成器呢?"这是压在我心上的一块石头。

"成器就是有用,对别人有用,对社会有用。人在外乡,成器尤其重要。你必须对别人有用。你在本乡本土可以做无用的人,到外乡就行不通。"

"有这么大的差别!我这次到很远很远的地方去,做一个异乡人,好像很难!"

"倒也简单:你到那个地方,要爱那个地方。像我,我离开老家,来到这里,我就全心全意爱这里。记住,你住在那里,一定要爱那里的风土人情,尊重那里的生活习惯。如果那里的菜不好吃,你也要爱吃,因为那里的人都吃。如果那里的水不好喝,你也要喝,因为那里的人都喝。你要去的地方是——?"

"皖北。"

·碎琉璃·

"好。住在皖北的人跟'牛'叫'欧',跟'客人'叫'契',他们说'天黑了',你听见的是天'歇'了。'天歇了,来了一个契,牵着一条欧',好笑吗?不,可爱!你要从心里觉得那地方可爱,你才会有成就。"

"如果我不喜欢那地方,怎么能爱它?"我问。

"既然你不喜欢那地方,为什么要去呢?"他反问。

他打开抽屉找东西。唐太太知道他要找什么,就从书架上替他取下一叠红纸。他向太太会心一笑。这一对夫妻经常保持高度的默契。不管唐先生的话题有多远,不管坐在一旁的唐太太多沉静,你一眼看得出来两人融和无间。

唐先生从一叠红纸中抽出一张来,一面研究纸上的记载,一面说:

"我替你算过命。这是你的八字。你命中不守祖业,注定漂流。你走得愈远愈好。你听见漂流不要害怕,我就是一个漂流的人。到外面创业比牢守家园更好。只是有一点,住在自己家里,你可以不爱你的家,无论如何家一定爱你。一旦身在异乡,你就必须去爱别人,然后,你才有希望得到别人的认许。你是基督教徒,我不是,可是我也许比教徒更了解耶稣。耶稣为什么要强调爱的重要？他为什么主张爱人如己，甚至主张爱仇敌？因为他事先料到他会死，他死后，门徒要离开犹太，到外面去托命寄身。只有爱，只有无限的爱，基督教才会生根长大。如果不能达到这个境界，基督教恐怕在耶稣身后就灰飞烟灭了。"

说到这里，他想起一个故事，一个关于恨的故事。

有一个人，心里积藏着许多仇恨。他常常希望他恨的人横死。

他悄悄的买了一把手枪。有了枪，就更容易恨人，也恨得更有力量。他常常关起门来抚摩那支枪，暗中计划杀人，杀那些可恨的人。

杀人是要偿命的。恨极了，倒也不怕同归于尽。可是他恨很多人，没有办法把那些人一次杀光。究竟其中哪一个最可恨、最该杀呢？很难决定。他只好抚摩着手枪，暗暗盘算，暗暗的恨，幻想杀死这个或杀死那个。

他恨的对象愈来愈多，报复的对象愈来愈难选择，人生，对于他也愈来愈乏味。有一天，他愈想愈恨，忍无可忍，就下最大的决心开了一枪。

这一枪对准自己的太阳穴。他自杀了。

这个故事,听得我毛骨悚然。

"我有嫉恶如仇的毛病。"我着急了。

"这个,从八字上也看得出来。嫉恶如仇似乎很好,但是你要当心,嫉恶如仇、可以,激恶成仇、不可以。"

"那怎么办?"

"要做到,一半靠命运,一半靠修养。我天天在这里写字,就是修养自己的心性。王羲之最能祛除我的杂念,所以我写兰亭。"

谈到字,他和唐太太的目光同时移到墙上。唐太太起身,再点一支蜡烛,放在近墙的书架上,照亮那张宣纸。"你猜,我为什么要写这一张字?"

我说,大概是为了唐先生和唐太太的结婚纪念日。唐太太听了,噗嗤一笑。唐先生连连摆手。"你猜错了。你们都猜错了。有人说我写好了送给教会。有人说我写了卖给外国人。有人说我写了送给新婚的朋友。这些都不对。一个人行为的动机,很难为另一个人所了解。尤其是异乡人。我写这些字是为了磨练自己,鼓舞自己。我很想用这张好纸写一个很大的爱字。我一向写小楷,字也太秀气,写不出气派来。我用一个一个小字组成一个大字。我提醒自己:我们的爱心也许无限,爱人的力量毕竟有限。我们不是大圣大贤,不能博施济众。但是我们可以一点一滴付出爱来。点滴虽小,积小可以成大。这已经够我们忙的了,哪还有精力去嫉恨呢?"

这天晚上,我得到终生实行不完的教训,好像承包了一桩永远施工的大工程。我的心好沉重好沉重。

我说,我该走了。

唐老师打开门,看见门外很黑,黑得能把烛光挡回门内。他回身取出手电筒,送我出门。

我说,学生怎么可以劳动老师?

他说,老师不该送学生、谁该送?

他也是在乡间惟一使用手电筒的人。他的手电筒装用三节电池,光束的射程很远,穿透黑暗抽打大地。

他带着我来到一棵树下,树身比两臂合围还粗。手电筒的光束从一团黑暗中切割它,它庞大的形象俨然用黑暗雕成。他说:"这棵树是风景,也是财产,砍倒了劈成木柴也值很多钱。可是这是一棵无主的树,大家把当初栽树的人忘了,栽树的人也把这棵树忘了。你看,这里那里,都有这种无主的大树。这些树是前人留给我们的爱心。"

黑暗像无孔不入的细砂一样堵塞一切,隔断一切,我和唐老师靠这惟一的亮光连在一起,有了相依为命的感觉。这天晚上,他说的每一句话,他每一声呼吸,我都永远记得。我们离开那棵树,还在继续谈那棵树,由树谈到一个邮差,唐老师家乡的邮差。

"……那人每天送信,有时候为了一封信要走几十里路。他从不觉得辛苦。他的邮袋里除了信,还有一包花种,他随时随地捏一小撮种子撒下去,撒在小溪旁边,或者撒在收信人的院子里。他到过的地方都会长出花来。春天有春天的花,秋天有秋天的花。如果种子没有长出来,他下次再撒。……"

路是坎坷不平,我又舍不得离开唐老师,只好任凭他再送远一点。唐老师谈话的兴致很浓,他在一片荒草旁边停步,挥动光束,像操纵一个银色的滚筒,在野草上滚来滚去。他说:"我看中了这块地。我想把这块地买下来,先种庄稼,将来盖唐家的祠堂。这个祠堂奠基的时候,第一块石头是从老家的祠堂里拆下来的,我亲自去拆,亲自搬上汽车。我也要从老家带一部家谱来,把这里出生的人添上去。祖宗留给我们的不过如此!我们却要留给后代很多很多!留给他们榜样、理想、活下去的条件和活下去的毅力。将来,五百年后,我要路上行人指着这座祠堂,称赞姓唐的人家。他们会说,这一带村庄的运气真好!姓唐的选来选去,选中了这个地方落户。……"

这条路怎么这样短,我抬头看见卧房窗子上微黄的灯火。各家的灯都熄了,只有母亲留灯等我回家。

我们站住。我对唐老师深深的鞠了一个躬。

"记住,到了后方多写信。"

说完,唐老师手里的光柱掉转方向。我没有敲门,望着那道光远去,成为一把舞动的剑……一颗闪烁的星……直到隐没。

我一直回味唐老师的话,忘了敲门。两手朝空空的口袋摸索,暗暗盘算里面能装多少花种。

新版《碎琉璃》后记

我曾说，我们都用"残生"写作。我的意思是，我们把一天中最好的时光、最多的精力交给职业，任凭一些屠宰灵感湮灭创意的事务反复消耗磨损，只能侥幸剩些气力，花费在笔墨驰骋上。我们创作的欲望总是在压抑之下挫折之中，每个人可以说都是怀才不遇有志未酬。那时，我们听说世上有所谓专业作家，确曾为之悠然神往。

一九七六年，我在元旦之夜作了一次深刻的反省，决心摆脱职业，专心写作，挣开多年以来顾此失彼的矛盾，那时我对我的专业已极疲倦，而台湾由于教育普及，文学人口急速膨胀；经济繁荣，收入增加，买书的意愿日渐增高。我曾经随团参观一个规模很大的成衣工厂，看见缝纫机的台面上摊着钱穆、罗素或是沈从文，女工们在不必盯牢针线的时候，就朝书本上瞄两行，今天的读者尽管引车卖浆，对文学的趣味未必庸俗浅薄，书店的市场取向和作家的心灵抱负，两者的差距日益缩小。春蚕吐丝的时节已到，虽然创作自由还不充分，我不能再等了。

一九七八年三月，《碎琉璃》书成。在这本书里，我长期出入于散文小说戏剧之间兼收并蓄的表现技巧渐能得心应手。重要的是，我觉得生命的酸甜苦辣已调和成鼎鼐滋味，心如明镜，无沾无碍的境界可望可即。不错，这本书以我少年时代的生活为底本，但它不是要纪录我自己，我的生活并无可诵可传，只因为我个人生活的背后有极深的蕴藏，极宽阔的幕，我想以文学方法展现背后的这些东西，为生民立传，为天下国家作注，我提供一个样本，虽不足以见花中天国，却可能现沙中世界。

《碎琉璃》在台北出版后，一般反应不错，见诸文字而又为我涉猎所及的有以下各篇：

子敏：一个感觉世界。国语日报，一九七八年五月一日。

朱星鹤：琉璃易碎，艺事不朽。国魂月刊三九〇期，一九七八年五月。

齐邦媛：散文的两个世界。幼狮文艺月刊二九三期，一九七八年五月。

申真：拈出一个"感"字，《碎琉璃》书后。爱书人旬刊，一九七八年七月一日。

黄武忠：两道爱的光辉，朱自清"背影"与王鼎钧"一方阳光"之比较。中华日报，一九七八年七月一日。

杨光明：百万灵魂的取样，王鼎钧的《碎琉璃》。爱书人旬刊，一九七八年八月一日。

孙旗：评介王鼎钧的《碎琉璃》，中华日报，一九七八年七月六日。

陈克环：永恒的琉璃。中华日报，一九七八年八月三日。

张默：回忆的，诗意的，生命的。浅谈王鼎钧的《碎琉璃》。新生报，一九七八年八月六日。

宋瑞：品鉴《碎琉璃》，从故事看本书的结构。明道文艺第三十期，一九七八年九月。

高天生：试论《碎琉璃》的忧患意识。明道文艺第三十期，一九七八年九月。

陈连顺：评王鼎钧的《碎琉璃》。出版与研究月刊,一九七九年一月。

亚青:《碎琉璃》读后。中央日报,一九七九年六月二十日。

莲莲:别有一番滋味在心头,我看《碎琉璃》。书评月刊第八二期,一九八〇年二月。

陈煌:不碎琉璃。中华日报,一九八〇年十月七日。

郭明福:悲欢时代的颂歌。中华日报,一九八二年四月十四日。

书评之外,《碎琉璃》两次入选好书的书单:

第一次,爱书人旬刊在一九七八年广泛发出选票,选举"最受欢迎的十本书",《碎琉璃》以第三名入选。

第二次,"出版与研究"月刊在一九七九年发出六万份问卷,要求各界推荐好书,《碎琉璃》以第七名入选。

《碎琉璃》中的文章,经译成英文的,有三篇:

"哭屋",周兆祥译,香港中文大学"译丛"一九七七年秋季号发表。

"红头绳儿",玛伊芙译,中国笔会会刊一九七九年秋季号发表。

"在离愁之前",庞雯译,中国笔会会刊一九八〇年夏季号发表。

《碎琉璃》中的文章,曾在各种选本中出现。蒙事先征求同意,事后赠书存念的,有以下各种:

"中国散文展",张力、单德兴、周素凤合编,长河出版社出版。

"中国当代散文大展",黄进莲编,大汉出版社出版。

"中国现代散文大系"小说卷,齐邦媛编,九歌出版公司出版。

"中国现代文学大系"散文卷,张晓风编,九歌出版公司出版。

"现代散文精品"亲情卷,郑明娳、林耀德合编,正中书局出版。

"现代散文精品"爱情卷,郑明娳、林耀德合编,正中书局出版。

"耕云的手",林锡嘉编,金文图书公司出版。

多年以来,常有人问起《碎琉璃》有没有续集。说起来，我当初本想用同样的体例、同样的风格连写三本。岂料《碎琉璃》出版后不久，我就离开台湾，远适异国，其后天地变局层出，个人遭际也甚有拂逆回折，心肠非故时，心声也不似向前，以致以抗战生活为背景的《山里山外》，有了"可怜无数山"的苦涩，下一本《左心房漩涡》，竟恍忽是"林青塞黑"的况味了。如是，《碎琉璃》成了我不可复制的文学梦幻。

现在，我伏案写这篇后记，恰是《碎琉璃》出版满十三周年之时。此书先是用铅字排版打成纸型印刷，纸型用坏了，再排一次，用照相制成平版印刷。平版的效用也受折旧率支配，等到又想重排，印刷业起了变革，电脑打字排版兴起，老式铅字排版的工厂纷纷歇业或更新设备，我虽然很留恋铅字印出来的质感，也只好舍旧逐新。电脑排版一出，毕升发明的印刷技术完全消去了，前浪后浪，逝者如斯，《碎琉璃》尚能继续出版，也算是在时间的淘洗中度过一关。因此，帮忙督印此书的明道文艺杂志社长陈宪仁兄，以及组版校正此书的郑彩仁、林淑如、卢先志、叶玉慧、林翠莲等先生、小姐，就更使我铭心难忘。

当我校读《碎琉璃》新版的清样之时,故乡已由"失去的地平线"之后冉冉升出,故乡由传说变成新闻。而今,在那里,我生命中出现过的风景人物,几乎都不存在了,我参与过的事,也几乎无人记省,然而阳光大地,万古千秋,琉璃未碎。我感激这阳光之下,大地之上,产生了那么丰富的题材,使我一生用之不竭。我相信那灿烂的阳光,芬芳的大地,必定继续产生自然之美,人性之真,供后来者取之不尽。但是,我希望,永远不要再产生打砸抢杀的"革命群众",也永远不再产生像我这样少小离家,老大难归的浪子!

王鼎钧作品系列（第一辑）

碎琉璃（自传体散文）

这部散文集以温柔的口吻，娓娓叙说故乡的亲人、师友以及少年经历，自传色彩浓郁。

蔡文甫先生在 1978 年出版的《碎琉璃》的序文中说："我相信在鼎钧兄已有的创作里面，《碎琉璃》是真正的文学作品；他如果有志于名山事业，《碎琉璃》是能够传下去的一本。世事沧桑，文心千古，琉璃易碎，艺事不朽。"

山里山外（自传体小说）

初版于 1984 年，是《碎琉璃》姊妹篇，关于抗日流亡学生的自传体小说。

描绘抗战时期流亡学生的旅程：走过大江南北，人生百态，山川悠远，风俗醇美；呈现大时代之中一个流亡学生的感怀、梦想和抱负。

左心房旋涡（散文集）

这本书写的是乡愁。集中书写了乡愁这"一个复杂而美丽的结"，全书四部三十三篇，皆用"我"对"你"的呼唤、寻觅、对话写成，包含着"后世"对"前生"的呼唤、游子对故土的寻觅、"东半球"和"西半球"的对话……

1988 年这部散文集出版之后，即被评为台湾当年"十本最有影响力的书"，并获得《中国时报》文学奖。

千手捕蝶（散文集）

初版于 1999 年。

作者的一部极富禅意的寓言式散文集，六十余篇小品式的哲理文字耐人寻味，是一部愈读愈耐读的书。

生活·读书·新知三联书店刊行

昨天的云（回忆录四部曲之一）

这是四部曲的第一部，出版于1992年，写故乡、家庭和抗战初期的遭遇。作者对家乡的风土人情、历史掌故及种地劳作信手拈来；同时将个体的遭遇置于宏大的社会背景中，以小见大，在朴素无华中显示出一种深度和力量。

怒目少年（回忆录四部曲之二）

初版于1995年，记录了作者1942年至1945年作为流亡学生辗转阜阳、宛西、陕西汉阳等地的逃难经历。

在这一场颠沛流离中，作者作为一颗小小的棋子，见证了一个普通中国人的命运。虽有血泪炮火，却也有人情之美；虽则苦难尝尽，却也有活泼泼的生命展开。生动的细节之下，是历史的烽烟和家国之痛，也是个体的经验和成长。

关山夺路（回忆录四部曲之三）

出版于2005年，作者以个人化的叙述视角，生动细腻地描述了国共内战期间各色生民遭遇，更以实际的体会和细致的观察揭示了国民党败退和共产党胜利背后的种种因由，具有十分珍贵的史料价值。

文学江湖（回忆录四部曲之四）

2009年出版，王鼎钧写他在台湾看到了什么，学到了什么和付出了什么。

作者记录、反省在台生活的三十年岁月（1949—1978）；从中既可窥见这三十年世事人情和时代潮流的演变，也能感受作者对国家命运、历史教训的独立思考，是一份极具历史和人文价值的个人总结。